용검풍 3

한성재 新무협 판타지 소설

초판 1쇄 찍은 날 § 2007년 3월 13일
초판 1쇄 펴낸 날 § 2007년 3월 23일

지은이 § 한성재
펴낸이 § 서경석

편집장 § 문혜영
편집책임 § 이재권
편집 § 서지현 · 심재영

펴낸곳 § 도서출판 청어람
등록번호 § 제1081-1-89호
등록일자 § 1999. 5. 31
어람번호 § 제2-1153호

주소 § 경기도 부천시 원미구 심곡1동 350-1 남성B/D 3F (우) 420-011
전화 § 032-656-4452 팩스 § 032-656-4453
http://www.chungeoram.com
E-mail § eoram99@chollian.net

ISBN 978-89-251-0524-6 04810
ISBN 978-89-251-0521-5 (세트)

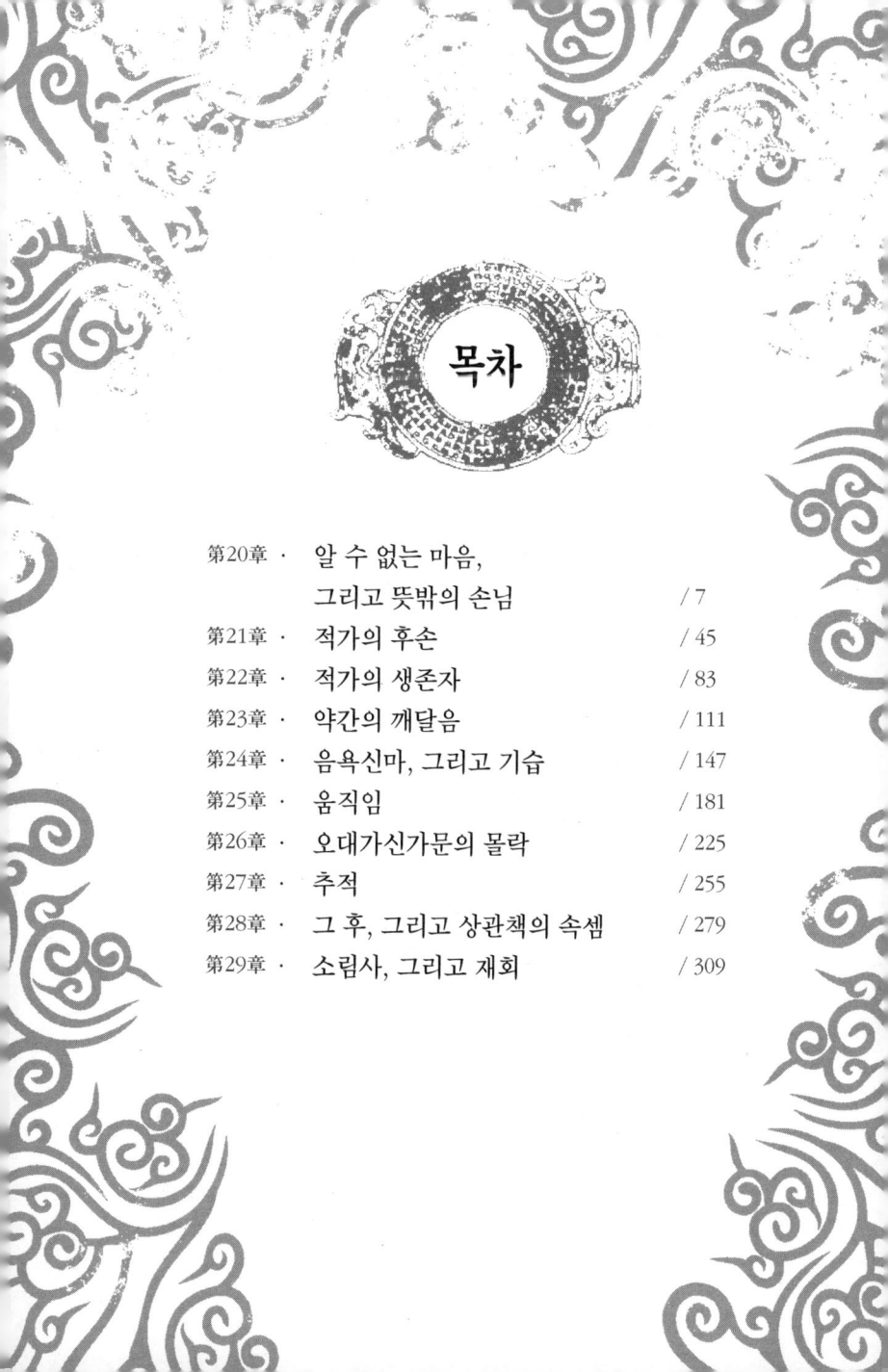

목차

第二十章

알 수 없는 마음,
그리고 뜻밖의 손님

龍
劍風

해월령은 적연을 보며 기가 막히다는 표정을 지었다.

"어디 갔다 온 거예요?"

"일이 있었소."

"잠시 나갔다 오겠다는 게 한 달인가요?"

해월령의 어조는 차갑기 그지없었다. 이번만큼은 그냥 넘어
갈 수 없다는 표정이 역력했다.

'흥.'

적연은 입을 꼭 다문 채 해월령을 바라보고 있었다.

'해월가라…….'

적가를 멸문으로 이끈 가문 중 한 곳이었다, 본래는 별 대수
롭지 않게 여겼었지만.

"무슨 일 있어요?"

해월령은 적연의 표정이 굳어 있음을 깨닫고 조심스럽게 물었다.

"나가보겠소."

"아……."

적연은 무뚝뚝하게 말하고는 몸을 돌렸다. 해월령은 아무런 말도 하지 못했다.

왠지 분위기가.

'말을 걸 수가 없었어.'

애꿎은 손톱을 물어뜯는 해월령이었다.

처소로 돌아오자 제갈여진과 임지령이 적연을 맞이했다.

"괜찮아요?"

"오늘은 이만 피곤해서."

적연은 가볍게 손사래를 치며 자신의 처소로 곧바로 들어갔다. 제갈여진과 임지령은 고개를 갸웃거릴 따름이었다.

달칵.

처소로 돌아온 적연이 침상에 주저앉아 머리를 흐트러뜨리다가 몸을 일으켰다.

적연이 편한 옷으로 갈아입을 무렵이었다.

똑똑.

"저예요."

지여선의 목소리였다.

"들어와."

끼익.

"가셨던 일은 잘 되셨나요?"

지여선은 조심스러운 표정으로 물었다. 적연은 가볍게 한숨을 내쉬며 고개를 끄덕였다.

"…살아 계시던가요?"

"살아 있더군."

지여선은 눈을 동그랗게 떴다.

"잘되었네요."

"잘돼? 무엇이 말인가?"

모시고 나오지도 못했는데 뭐가 잘되었단 소리던가.

지여선은 고개를 떨궜다.

"죄송해요."

적연은 지여선을 바라보며 천천히 입을 열었다.

"아니, 그것은 되었다. 그것보다 알아보란 것은 어찌 되었나?"

떠나기 직전 적연은 지여선에게 명을 내렸었다. 바로 얼마 전 자신과 싸웠던 정체불명의 사내에 대해서 알아보라고 말이다.

"아… 그게."

지여선은 말을 얼버무리며 머리를 긁적였다. 적연은 고개를 가볍게 내저었다.

"그렇군."

"정보가 너무 부족했어요."

그녀의 입장에서는 그런 말을 할 만도 했다. 이름도 모른다. 무공의 특징 역시 없다. 적연이 내놓은 사실은 단 한 가지뿐이었다.

"통증을 느끼지 못하는 것 같다는 정도로는 알아낼 수 있을 리가 없잖아요?"

"그렇군."

적연은 선선히 고개를 끄덕였다.

"저도 나름대로 백방으로 알아봤지만 마찬가지였어요."

"어쩔 수 없는 일이군."

어깨를 으쓱일 수밖에 없었다.

"이대로는 무리군."

사내의 무심한 표정이 떠올랐다.

'그 말인즉슨 곧 다시 오겠다는 뜻이기도 했어.'

적연의 얼굴이 일렁였다.

사내에 대한 생각은 한편으로 접어두기로 했다. 뭐랄까, 그와는 다시 만나게 될 것이라는 확신이 있었다. 필연적으로 말이다.

"넌 지금 바로 수룡왕을 찾아가 전해라. 아버지가 살아 계시다고."

"…지금이요?"

적연은 고개를 갸웃거렸다.

"왜?"

"아… 오늘 가서 월동 준비로 땔감이랑 새 담요랑 받아와야 하거든요. 내일 가면 안 될까요?"

"……"

"형님, 이제는 어쩌실 겁니까?"

미친개는 적연을 바라보았다.

"무엇을 말인가?"

적연의 물음에 미친개는 당연하다는 표정을 지었다.

"형님 아버님이요. 모시고 나와야죠."

"……"

적연은 입을 꾹 다물었다. 미친개는 답답하다는 표정을 지었다.

"그럼 이곳으로 왜 돌아오신 겁니까? 이제는 오실 이유가 없잖아요."

미친개의 말은 틀리지 않았다. 대막으로 돌아갔으면 되는 일이 아닌가.

적연은 씁쓸한 얼굴로 고개를 떨궜다.

"글쎄다."

"……"

그 모습을 보고 있던 미친개가 거칠게 머리를 흩트렸다.

"아, 몰라요. 무슨 생각이 있으신 거겠지요."

적연은 쓸쓸한 미소를 짓다가 침상 밑에 놓인 행낭 안에서 가죽 주머니 하나를 꺼냈다.

"받아라."

찰그랑.

"이건?"

"백 냥이다."

미친개가 가죽 주머니 안을 살피다가 적연에게 시선을 주었다.

"공짜로는 일 안 한다고 하지 않았나? 이만하면 그간의 보수는 되었나?"

"아, 예, 되고말고요."

돈을 받아서일까. 아까와는 달리 미친개가 배실배실 미소를 지었다.

"알아봐 줄 것이 있어."

"말씀만 하세요, 형님."

미친개는 비굴스러운 미소를 지으며 적연의 옆으로 슬그머니 다가왔다.

"적가의 가신들을 찾아봐. 아직 살아남은 자들이 없지는 않을 거야."

"가신들이요?"

"그래."

"저만 믿으세요, 형님. 이 미친개가 누굽니까? 정보 수집의 귀재, 추적의 달인 아닙니까? 하하하!"

"추적의 달인은 개뿔, 길치 주제에."

때마침 두꺼운 이불을 들고 걸어 들어오던 지여선이 산통을 깼다. 미친개는 분연한 기세로 몸을 일으켰다.

"이 변검녀가 못하는 소리가 없네!"

"어떻게 너 비냥하는 방식이 매번 똑같을 수 있니?"

지여선은 웃기지도 않다는 표정을 지으며 콧방귀를 꼈다.

"그래, 월동 준비는 끝났나?"

"아직이요."

지여선은 두꺼운 이불을 침상에다 내려놓고는 어깨를 들썩였다.

"이제 가서 땔감만 받아오면 돼요. 개, 따라와."

"이 여자가 보자 보자 하니까!"

"보자기로 보이니?"

"……."

역시 말로는 상대할 수가 없었다. 미친개는 분한 표정을 지으며 주먹을 부르르 떨었다.

지여선은 대뜸 미친개의 귀를 잡아당겼다.

"따라와. 땔감 가지러 가게."

"아야야! 내가 왜……?"

"설마 가녀린 여자 혼자 들고 오란 소리는 안 하겠지?"

"가녀리긴 개뿔!"

빠각!

"따라와!"

지여선이 미친개를 끌고 나갔다. 홀로 남게 된 처소 안은 조용하다 못해 적막했다.

적연은 행낭에서 책자를 꺼내 들었다. 마굴에서 적운에게 받은 것이었다.

"승법(承法)… 받아들이는 법이라."

적연의 눈이 가볍게 일렁였다. 혹시나 하는 마음이 들었기 때문이다.

현재 자신이 느끼고 있는 이 기운일지도 모른다.

적가는 좀 더 근원적인, 대자연의 기운을 받아들인다. 이것은 내공과는 같은 듯하면서도 다르다.

"흐음……."

적연은 침음성을 삼키며 가만히 안의 내용을 들여다보았다.

안에 쓰여져 있는 내용은 난해하기 짝이 없었다. 인간에게는 일곱 개의 기운을 받아들이는 입구가 있다는 것이다.

회음에서 시작해 하단, 중완, 단중, 목, 언당, 백회까지.

그 중간은 내가 어떻고, 빛이 어떠며 깨달음이란 어떻고와 같은 이야기가 쓰여져 있었다. 현재 적연에게는 별로 필요가 없는 것이었지만.

각설하고 결론은 이것이었다. 수련이 깊어질 경우 이 입구들이 활성화를 시작하고, 확장되다가 결국에는 하나로 합쳐지게 된다는 것.

"하나로 합쳐진다는 이야기는 몸 전체가 하나의 단전이 된다는 건가?"

적연은 히죽 웃으며 맨 밑줄의 글귀를 읽어보았다.

입구는 끊임없이 대자연의 기운을 받아들인다.

"마르지 않는 샘물이라 이건가?"

결국 이 소리는 아무리 써도 마르지 않는다는 소리가 아니던가.

확실히 이 글귀대로라면 엄청나기 그지없었다. 몸 전체가 하나로서 통합되고 일곱 개의 입구를 통해 계속해서 기운이 흘러들어 온다.

가히 천하무적이다. 그렇지 않은가. 내공이란 쓰다 보면 고갈되게 되어 있다. 궁귀 조형과 싸울 때도 그러했다. 그도 결국 내력이 고갈되어 적연과 결판을 내지 못했다.

일반적으로 내력이 고갈되면 다시 운기를 해서 보충해야 한다. 그런데 이 책에 쓰인 내용대로라면 그런 걱정을 할 필요가 없었다.

무한정으로 기운을 받아들여 쓸 수 있다. 이것만큼 대단한 것이 어디 있겠는가.

결국 내공이란 호흡을 통해 단전에 응축시켜 써먹는 것이다. 인위적이다. 하지만 이 승법이라는 것은 다르다. 어찌 보자면 적연의 몸 전체가 대자연 그 자체가 되는 것이다.

말 그대로 받아들이고 궁극적으로는 몸 전체가 대자연의 일부가 된다.

"흥미롭군."

적연은 조심스럽게 뒷장으로 넘겼다. 수련법을 보기 위함이었다.

"으음……."

적연은 집중해서 수련법을 들여다보기 시작했다.

"후우……."

그렇게 얼마나 지났을까. 적연은 가볍게 한숨을 내쉬며 책을 덮었다.

"과연 이런 수련법으로 되는 것일까?"

수련법은 상당히 단순한 편이었다, 그 점이 어려운 것이겠지만.

"이 수련법의 궁극적인 어려움은 상상력이군."

대자연의 기운을 하나의 빛으로 상정한다. 그리고 그 빛이 머리로 내리꽂혀서 백회로 들어가는 모습을 상상한다.

백회로 들어온 빛은 임맥을 타고 내려가 머리, 목, 가슴, 단중, 중완, 하단, 그리고 마지막으로 회음을 통해 빠져나가는 모습을 상상한다. 이때에 가장 중요한 것은 이 모든 것이 순식간에 빠른 속도로 이루어져야 한다는 점이다.

적연은 거친 손길로 머리를 흐트러뜨렸다. 까다롭기는 했지만 일단은 해볼 생각이었다. 그리고 어느 정도 짚이는 바도 있었다.

그것은 바로 자신이 느꼈던 기운이었다. 뭔가 방전 현상처럼 톡톡거리는 기운.

'분명 광명좌사는 이 기운이 내공이 아니라고 했어.'

그렇다면 이것이 바로 승법에서 이르는 기운일 수도 있으리라 생각했다.

적연은 천천히 탁자 위에 놓인 책자를 바라보았다.

"해보자. 해보는 거야."

적연은 수련법에 쓰여져 있는 대로 침상 위에 가부좌를 틀고 앉았다. 천천히 호흡을 고르며 대자연을 하나의 빛으로 강하게 의념했다.

그렇게 얼마나 지났을까. 적연의 눈이 꿈틀거렸다.

분명 눈을 감고 있음에도 눈앞이 환한 것처럼 느껴졌기 때문이다.

그 빛은 너무도 빛났다. 감히 눈을 뜨고 똑바로 마주 본다면 일순간 동공이 타버릴 것 같은 느낌이다.

토독! 토도독!

그와 동시에 시작되었다. 무언가 몸속에서 톡톡 쏘는 느낌이.

쒜엑!

순간 그 빛이 백회를 향해 내리꽂혀 각 입구를 통과해 내려가 회음으로 빠져나갔다. 적연은 책에 쓰여 있던 대로 기운을 유통시킨 다음 신경을 이완시키고 빛을 받아들이며 잠시 동안 쉬어주었다.

그렇게 계속해서 받아들이는 행위를 반복했다.

'좁다.'

적연은 그리 생각했다. 분명 백회에서 회음까지 순식간에 통과시키는 것은 성공했으나 그 폭이 너무 좁은 것 같았다.

'수련을 계속하면 활성화되고 확장된다고 했지?'

가만히 손을 들여다보았다. 톡톡거리는 기운이 몸 이곳저곳에서 날뛰고 있었다.

수련이 거듭되고 익숙해지면 이 기운을 활용하는 방법도 자연스럽게 터득하게 될 것이다.

책 안에 쓰여져 있는 내용대로 말이다.

나중에 가면 기운을 마음대로 운용할 수 있고, 물건이나 사람에게도 주입할 수 있다고 했다.

운용하는 것은 자신이다. 또한 자신이 아니다.

"흐음……."

적연은 맨 마지막 구절에 쓰인 말을 곱씹으며 침음성을 삼켰다.

아직은 잘 모르겠지만 한 가지만큼은 확실했다. 처음 이 톡톡거리는 기운을 느꼈을 때와 마찬가지로 나쁘지 않은 기분이라는 점이었다.

조급할 필요는 없으니까.

＊　　　＊　　　＊

"헉… 허억……!"

해월천은 가쁜 숨을 몰아쉬고 있었다. 그 모습을 한 여인이 바라보고 있었다. 무림맹에서부터 같이 해온 여인이었다.

"쯧쯧."

여인, 미령은 혀를 끌끌 찼다.

"그것밖에 못하나요?"

"닥쳐!"

해월천은 신경질적으로 외치며 이마에 흐르는 땀을 닦아냈다.

"어떤가?"

문득 등 뒤에서 들려온 소리에 미령이 고개를 돌렸다. 그리고 이내 최대한의 예의를 표했다.

"광명우사님을 뵙습니다."

광명우사는 가볍게 고개를 끄덕인 뒤 해월천에게 시선을 주었다.

"당초 예상보다 저조합니다."

"너무 무리하지는 말게."

"예."

"위험한 시술이니만큼 차분해야 하네."

"예."

"저 아이는 아직도 모르는가?"

"그렇습니다."

미령의 말에 광명우사는 탐탁지 않다는 얼굴이었다. 들은 것보다 기대치에 미치지 못하는 아이다.

신체적인 면이 아니라 정신적인 면에서 말이다.

분명 근골도 우수하고 배우고자 하는 자세, 아니, 집념이 대단하기는 하다. 하지만 문제는 근본부터 삐뚤어진 성격이었다.

"교주께서는 무슨 생각이신지 모르겠군."

광명우사는 턱을 매만지며 가볍게 고개를 내저었다.

"이만 가보겠다."

석실을 나서는 와중에 광명우사가 힐끗 해월천을 바라보았다.

가는 뱁새눈을 가진 해월천이 자꾸 마음에 걸리는 것은 왜인지 모르겠다.

광명우사는 가볍게 고개를 내저으며 천천히 걸음을 옮겼다.

석실을 나와 정원을 걸었다. 이윽고 저 멀리 자그만 건물이 보였다.

"녀석에게 한번 가봐야겠군."

끼익.

문을 열고 들어가자 처음 광명우사의 코를 자극한 것은 거북스러운 약재 냄새였다.

"오셨습니까?"

흰옷을 입은 매부리코 영감이 광명우사에게 다가오며 예를 취했다.

"약선, 그간 잘 계셨소이까?"

"호호호… 잘 있었고말고요."

약선은 듣기에도 음흉한 웃음을 흘렸다. 자신이 마음만 먹으면 죽은 자라도 살려낼 수 있다고 주장하는 광오한 자였다. 과연 그럴 수야 있겠냐고 생각하지만 어쨌든 간에 유능한 의원임에는 틀림없었다.

"그 아이는?"

"일월을 보러 오신 게로군요."

"면회가 가능하겠나?"

"호호호… 그거야 당연한 것 아니겠습니까? 이리 오시지요."

약선의 안내를 받아 건물의 지하로 내려갔다.

"…으음."

광명우사는 계단을 따라 내려가며 침음성을 흘렸다. 언제와도 기분 나쁜 곳이다. 싸늘하기 그지없는 기온과 음울한 분위기가 기분 나빴다.

"몸은 좀 어떻던가?"

"간만에 크게 당했더군요. 자칫하다가는 목숨을 잃을 뻔했습니다."

"으음… 그렇군."

"다시 한 번 말씀드리지만 녀석은 불사신이 아닙니다. 소중히 다뤄주세요. 제 모든 지식을 집대성해 만들어낸 걸작입니다."

광명우사는 눈살을 찌푸렸다.

"일월은 물건이 아닐세."

"아, 죄송합니다."

약선은 곧바로 사죄의 뜻을 보였지만 수긍하는 눈치는 아니었다.

'비열한 자.'

광명우사는 입술을 꽉 깨물었다.

"다 왔군요."

약선이 멈춰 선 곳은 커다란 석실 앞이었다.

그그긍.

무거운 석실 문이 열리자 광명우사가 안으로 들어갔다.

"아직 안정을 취해야 하니 오랜 시간은 못 드립니다."

"반 각 후에 오게."

"예."

그그긍.

석실 문이 다시 닫히고 광명우사는 벽 한편에 놓인 침상 쪽으로 다가갔다.

침상에는 사내, 일월이 누워 있었다.

얼마 전 적연과의 사투에서 입은 상처를 치료하는 중이었다.

"일어나지 못합니다."

일월은 특유의 무표정한 얼굴로 광명우사를 올려다보며 말했다. 광명우사는 피식 웃으며 손을 내저었다.

"일어날 필요는 없네. 자네는 환자가 아니던가."

"환자? 그렇군요. 하지만 아프지는 않습니다."

광명우사는 안타까운 표정을 지었다. 가슴뼈가 함몰되고 이곳저곳에 상처를 입었음에도 자각하지 못한다. 이유는 간단하다. 통증을 느끼지 못하기 때문이다.

"언제쯤 일어날 수 있다던가?"

"보름입니다."

"그렇군."

"그 후에는 임무입니까?"

"글쎄, 아직은 정해진 바가 없네."

"그렇군요."

일월은 아무런 감정이 묻어 나오지 않는 어조로 중얼거렸다.

"그거 아나? 본래의 자네는 감정 표현이 참 풍부한 사람이었네."

"그렇습니까? 하지만 이제는 모르겠습니다."

통증을 잃었다. 그리고 이제는 감정마저 잃어가고 있었다.

그럴 수밖에 없었다. 자신이 통증을 느끼지 못하니 남의 고통을 이해하지 못하게 된 것이다. 그것은 점점 감정이란 측면을 건조하게 만들어갔다. 분명 생각은 하지만 자신이 왜 그런 생각을 하는지에 대한 의문을 느낄 수가 없는 상태.

'이래서야… 실혼인과 다른 점이 무엇인가?'

아니, 어찌 보자면 그들보다 못할지도 모른다.

"이만 일어나 보겠네. 몸조리나 잘하고 있게."

광명우사가 몸을 일으켜 석실 문 쪽으로 걸음을 옮겼다.

"적연… 이라고 했던가요?"

멈칫.

발걸음을 잡아끄는 말에 광명우사가 몸을 돌렸다.

"녀석과는 또 만날 수 있는 겁니까?"

무표정한 표정과 목소리는 여전했다.

"왜 묻는가?"

"임무를 달성하지 못했으니까요."

"단지… 그것뿐인가?"

"잘은 모르겠습니다."

광명우사가 놀랍다는 표정을 지었다. 하지만 그것도 잠시, 입가에 빙그레 미소가 머금어졌다.

"돌아오셨습니까?"

처소로 돌아오자 잡일을 맡아 하는 시동이 광명우사를 맞이했다.

"차를 내오너라."

"예."

시동이 예를 취하고는 쫄래쫄래 걸어나갔다.

"흐음……."

광명우사는 가는 한숨을 내쉬며 턱을 괴었다.

"적연… 적연이라……."

왠지 꺼림칙한 느낌이다.

"왜 일월궁주가 녀석을 만난 것일까?"

광명우사는 고개를 갸웃거리며 손가락을 탁탁 쳤다.

"무슨 생각을 그리 하십니까?"

"음?"

상념에 빠져 있던 광명우사가 고개를 들었다. 시동이 차를
내왔다.

"차를 내왔습니다."

"아… 그래, 고맙구나."

"무슨 고민이라도 있으신지요?"

광명우사는 빙그레 미소를 지었다.

"그래 보이더냐?"

"예."

"아무것도 아니니라."

"예. 어?"

순간 시동이 몸을 일으키며 한곳을 바라보았다. 그에 따라
광명우사가 자연스럽게 고개를 돌렸다.

"여어."

문 앞에는 백발 수염을 길게 늘어뜨린 노인이 서 있었다.

"내가 방해를 했는가?"

광명우사는 빙그레 미소를 지으며 예를 올렸다.

"교주님을 뵙습니다."

노인은 배화교의 교주인 백무혁이었다.

"교주님을 뵙습니다!"

그제야 노인이 배화교의 교주임을 알아본 시동이 크게 외치며 예를 올렸다. 백무혁은 빙그레 웃으며 시동에게 시선을 주었다.

"맛있는 차가 마시고 싶구나."

"곧 올리겠습니다!"

시동은 잔뜩 긴장한 목소리로 외치고는 밖으로 뛰어나갔다.

"활기찬 아이군."

"제법 총명한 구석이 있습니다. 그런데 여기는 무슨 일이십니까? 부르시지 않고요."

"산책을 하다가 마침 근처를 지나는 길이었지."

"그러셨군요."

광명우사는 빙그레 미소를 지었다. 이윽고 시동이 차를 내왔다.

"음… 좋은 차군."

백무혁은 차를 한 모금 입 안에 머금으며 미소를 지었다.

"차 우리는 법을 제대로 알고 있구나?"

"감사합니다."

백무혁의 칭찬에 시동이 얼굴을 붉히며 배시시 웃었다. 광명우사는 가볍게 손을 들었다.

"너는 이만 나가보거라."

"예."

시동이 쪼르르 문밖으로 나갔다. 이윽고 커다란 방에 남게 된 두 사람의 시선이 마주쳤다.

"그간 별일은 없으셨지요?"

"나야 언제나 그렇지."

달칵.

백무혁은 찻잔을 탁자 위에 내려놓았다.

"자네가 올린 보고는 보았네."

"…예."

"백한로를 보았다고?"

어느새 백무혁의 표정은 딱딱하게 굳어져 있었다. 광명우사는 가볍게 고개를 끄덕였다.

"예."

"기이한 일이야."

턱가를 매만지는 백무혁의 얼굴에서 궁금하다는 기색이 잔뜩 묻어 나왔다. 일월궁주가 인피면구까지 쓴 채 무림맹으로 숨어든 것 자체가 그렇지 않은가.

"적연이라고 했던가? 백한로가 만난 아이."

"예."

"알려진 것은?"

"무림맹에 몸을 담은 지 얼마 되지 않았다는 것과 낭인이라는 것뿐입니다."

"흐음……."

"맹 쪽에 심어놓은 녀석들이 파악 중입니다."

"듣자 하니 일월이 엉망으로 당했다고?"

"아… 예."

백무혁의 얼굴이 미미하게 일렁였다.

"어린 녀석이 대단하군."

"예상외였습니다. 설마 일월이 당하리라고는 생각지 못했으니까요."

"적연… 낭인… 낭인……."

백무혁은 나지막이 중얼거리며 골똘히 생각을 정리했다.

왠지 느낌이 기묘했다.

"차라리 잘되었군."

"예?"

"자네에게 부탁이 있네. 맹에 한 번 갔다 오게. 이번에는 정식으로."

광명우사가 눈을 동그랗게 떴다.

"무림맹에… 말씀이십니까?"

"음. 자네도 알지? 곧 있을 무림맹주의 환갑연."

"초대받으셨습니까?"

"뭐, 형식적인 것이겠지."

백무혁은 심드렁한 표정을 지으며 손을 내저었다.

"보통이라면 참석 안 하겠지만 이번에는 사람을 보내려 하네. 자네가 가보게. 내 손녀딸도 데리고."

"하지만 전……."

광명우사란 직책은 교주를 옆에서 보필하는 것이었다. 저번

같은 경우에는 교주가 내린 반강제적 휴가 겸해서 나가본 것이기에 예외였지만.

"적연이란 아이를 한번 만나보게."

"신경 쓰이십니까?"

"싹수가 있어 보이면 포섭하는 것도 좋겠지."

"명을 받들겠습니다."

광명우사는 명을 받들었다.

그로부터 며칠 후 무림맹으로 떠날 날이 되었다.

"어?"

백무혁의 손녀인 백설련은 광명우사를 보고 눈을 끔벅였다. 이제 열여섯 살이 된 어여쁜 아가씨였다.

"할아버지가 저와 같이 가시나요?"

"예, 아가씨."

"흐음… 그렇구나."

백설련은 잠시 침음성을 삼키다가 방긋 미소를 지었다.

"그나마 할아버지랑 같이 가게 돼서 다행이네요."

"교 바깥으로 나가보신 것은 처음이신가요?"

"예. 그래서 그런지 설레네요."

"가시죠."

이윽고 백설련이 마차에 올라탔다.

*　　　　*　　　　*

적연은 처소를 나섰다.

"오래간만이네요."

"음?"

때마침 바깥에서 햇빛을 쬐고 있던 제갈여진이 적연을 맞이했다.

"그거 알아요? 요즘 들어 얼굴 볼 일이 없었던 것."

"아."

적연은 탄성을 터뜨렸다. 그럴 수밖에 없었다. 맹에 돌아온 이후로 식사 시간 이외에는 계속 방 안에 틀어박혀 있었기 때문이다.

"수염도 덥수룩하게 자랐어요."

"그렇군."

제갈여진의 말에 적연은 턱가를 매만져 보았다. 과연 수염이 까칠하게 자라 있었다.

"무슨 일이 그렇게 바쁘신 거예요?"

"할 것이 좀 있어서."

"며칠씩 처소 안에 칩거할 정도예요?"

적연은 고개를 끄덕이며 가만히 손을 들어 보았다.

토독! 토독!

혈관 안을 흐르는 짜릿한 느낌이 느껴졌다.

씨익.

적연은 주먹을 꽉 움켜쥐었다.

"그건 그렇고, 요즘 들어 좀 번잡스러운 것 같은데?"

"당연하지요. 삼 일 후면 맹주님의 환갑연이라고요."

"그렇군."

적연은 무심한 표정으로 고개를 끄덕였다. 제갈여진은 어이 없다는 표정이다.

"이봐요. 맹주님의 환갑연이라니까요?"

"그게 나랑 무슨 상관이오?"

"우리도 참가해야 하지 않겠어요?"

"미안하지만 그건 무리……."

해월령이 걸어 들어오며 어깨를 으쓱였다. 제갈여진은 '어째서?'란 얼굴로 반문했다. 해월령은 당연하다는 어조로 입을 열었다.

"이번 환갑연에서 남오장은 맹주님의 호위 임무예요."

"엑? 어째서?"

"어째서라니? 맹주님의 안위는 중요해."

틀린 말은 아니었다. 풀이 죽어 어깨를 축 늘어뜨린 꼴이 딱해 보였는지 해월령이 제갈여진의 머리를 가볍게 쓰다듬어 주었다.

"대신 환갑연이 무사히 끝나면 열흘간 포상 휴가야."

"진짜?"

휴가란 말에 제갈여진이 눈을 동그랗게 뜨며 되물었다.

"진짜? 진짜지?"

"진짜라니까."

"헤에."

제갈여진은 배시시 웃었다.

"계집애 하고는."

해월령은 피식 웃다가 적연에게 시선을 주었다.

"오래간만이네요."

"그렇군."

"당신은 지금 바로 맹주전으로 가보세요. 자세한 지시는 그곳에서 받으세요."

"알았소."

적연은 무심한 표정으로 고개를 끄덕이더니 몸을 돌렸다. 순간 해월령이 손을 뻗어 적연의 어깨를 잡아챘다.

"잠깐만요."

"무슨 일이오?"

"내가 무슨 잘못이라도 했나요?"

"무슨 말이오?"

"저번에 맹에 돌아왔을 때부터 그랬어요. 딱딱해 가지고."

"과대 해석이오."

적연이 걸음을 옮겼다. 해월령은 그의 뒷모습을 바라보며 어깨를 으쓱였다.

"아! 어서 오게."

집무실에 앉아 여러 죽간을 살피던 무림맹주 상관책이 적연을 반갑게 맞이했다.

"절 부르셨다고요?"

"뭐, 그렇지."

상관책은 죽간을 책상에 내려놓은 뒤 몸을 일으켰다.

"거기 앉게."

"그러죠."

"령이에게 들어서 알고 있겠지만 이번 내 환갑연에 남오장이 수고를 좀 해줘야겠어."

"호위를 맡기기에는 좀 부족하지 않겠습니까?"

"정확히 말하자면 자네를 이르는 말이야."

적연은 쉽사리 이해가 되지 않는다는 얼굴이었다. 상관책은 빙그레 웃었다.

"자네는 내 옆에 꼭 붙어 있게. 이 기회에 다른 이들과 얼굴을 익혀두는 것도 좋겠지."

"무슨 말씀이신지 잘 모르겠군요."

"자네가 마음에 든다는 소릴세."

적연의 표정이 미미하게 굳어졌다. 적연은 이 무림맹에서 환영받지 못하는 존재다. 환갑연이라면 전국 각지에서 무림의 명숙들이 모여들 것이고, 그들 중 오대가신가문이 포함되는 것은 당연하다.

'차라리 잘되었군.'

이 기회에 놈들의 얼굴을 봐두는 것도 나쁘지는 않을 것이다.

그리고 삼 일 후.

상관책의 환갑 잔치가 성대히 열렸다.

전국 각지의 문파에서 축하 사절단을 보내왔다. 환갑 잔치가 열린 것은 무림맹 내 대연무장이었다. 수천에 이르는 인파를 감당할 곳은 이곳밖에 없었다.

풍악이 울리고 대전 앞 상석에 자리를 잡고 앉은 상관책이 흡족한 미소를 지었다.

"즐겁구나."

"이토록 많은 문도들이 찾아와 축하를 하는군요. 맹주님의 크신 인품 덕분인 것 같습니다. "

총관이 은근히 치켜세워 주자 기분이 한껏 고조된 상관책이 호탕한 웃음을 터뜨렸다.

적연은 상관책의 우측에 시립한 채 혹시 있을지 모를 불상사를 대비하고 있었다.

'지루하군.'

하는 일이라고는 이 자리를 지키는 것뿐이었다.

"심심하지 않느냐?"

상관책은 고개를 돌려 적연에게 시선을 주었다. 적연은 무뚝뚝한 표정으로 고개를 살며시 내저었다.

"임무니까요."

"에잉, 재미없는 녀석."

조금이라도 살가운 대답을 원했던 상관책이 핀잔을 주었다. 물론 적연이 반응을 보일 리는 만무했다.

그때 바깥에서 손님을 맞이하던 위사가 안쪽을 향해 크게 외쳤다.

"종남파 장문께서 들어오십니다!"

순간 연무장 전체가 술렁였다. 현재 연무장을 채운 인원의 대부분은 군소문파의 사람들이었다. 하지만 종남파는 명문대파다. 시선이 쏠릴 수밖에 없었다.

저벅저벅.

이윽고 연무장 안으로 종남파의 장문인 천해주를 따라 십여 명의 수행원들이 들어왔다.

"환갑연을 축하드리오."

곧바로 상관책에게 다가온 천해주가 인사를 했다.

"잘 와주었네."

"홀홀… 여전하시구려."

"옆으로 앉게나."

"그러십시다. 음?"

상관책의 옆자리로 막 앉으려던 찰나 천해주가 눈을 동그랗게 떴다. 그의 시선이 향한 곳은 상관책의 옆에 시립해 있는 적연에게로 였다.

"자네?"

"오래간만입니다."

적연은 예를 취했다.

천해주가 뜻밖이라는 표정을 짓자, 둘 사이를 바라보던 상관책이 궁금증을 참지 못하고 물어왔다.

"둘이 아는 사인가?"

"아주 잘 아는 사이오. 그렇지 않느냐?"

천해주는 빙그레 미소를 지으며 옆에 서 있던 대제자 문진을 바라보았다. 예전의 기억이 떠올랐는지 문진의 표정은 딱딱하게 굳어 있었다.

예전 종남산에서의 대련이 떠올랐기 때문이다. 기억하고 싶지 않는 치욕적인 결과.

상관책은 천해주에게 빙그레 미소를 머금었다.

"무슨 일이 있었던 모양이군."

"저 청년과 문진이 대련을 했었소."

천해주는 적연을 바라보았다.

"그간 잘 지냈는가?"

"예."

적연의 짧은 대답에 천해주는 고개를 끄덕였다. 내심 감탄하면서.

한순간이지만 자신마저 놀랄 정도의 기세를 뿜어내던 젊은 이였다. 그때보다는 좀 유해진 느낌이다.

'내부로 갈무리시킬 정도의 경지에 이른 것인가?'

천해주의 모습을 보고 있던 상관책이 의아한 어조로 물어왔다.

"무슨 생각을 그리 하나?"

"아무것도 아니외다."

"싱겁기는⋯ 잔이나 받게. 생각해 보니 자네랑 술을 마시는 것도 참으로 오래간만이구만."

"허허. 그렇구려."

천해주는 빙그레 미소를 지으며 상관책의 잔을 받았다. 그럼에도 왠지 자꾸 적연에게 시선이 가는 것을 막을 수는 없었다.

"적연이 마음에 드는 모양이군."

상관책이 은근한 물음에 천해주가 상념을 접었다.

"……."

"껄껄. 자네에게는 문진이 있지 않은가. 이 아이에게까지 눈독을 들일 셈인가?"

천해주는 눈을 끔벅였다.

"키워볼 생각이오?"

주위를 살피는 적연의 모습이 시야에 들어왔다. 상관책과 천해주 간에 오고 가는 대화는 들리지 않을 것이다.

"두고 보면 알 거야."

상관책은 씨익 미소를 지어 보였다. 천해주의 표정은 굳어졌다.

그리고 그 시각.

"아……."

위사는 크게 치켜떠진 눈을 끔벅이고 있었다. 그것은 주위에 있던 이들 역시 마찬가지였다.

화려한 경장 차림의 여인이 새침한 표정을 지으며 위사를 바라보고 있었다.

"뭐 하고 있는 거냐? 어서 안에 알려라."

"아가씨, 너무 탓하지 마십시오."

뒤에 서 있던 노인이 빙그레 미소를 지었다. 그리고 위사에게 시선을 주며 부드러운 어조로 말문을 열었다.

"언제까지 세워놓을 생각인가? 안에 알리게."

위사는 불안한 눈빛을 짓다가 안을 향해 쩌렁쩌렁한 목소리로 외쳤다.

"배, 배화교 축하 사절단 드십니다!"

쏴아아!

방금 전까지 떠들썩하던 안은 한순간 침묵 속으로 빠져들었다.

"이런이런!"

배화교주 백무혁의 손녀인 백설련이 예상했다는 표정으로 어깨를 으쓱이며 뒤에 서 있던 광명우사에게 시선을 주었다.

"들어가시지요."

"덤벼들거나 하지는 않겠지요?"

"허허허. 별 걱정을 다 하십니다."

광명우사의 다독임에 백설련이 잠시 멈춰두었던 걸음을 옮겼다.

뚜벅. 뚜벅.

침묵 속에 백설련과 광명우사의 발걸음 소리만이 대연무장 안을 울리고 있었다. 수천 명의 시선이 두 사람에게 고정되어 있었다.

백설련의 걸음을 멈췄다. 눈앞에는 상관책이 앉아 있었다.

"환갑연을 축하드립니다. 백설련이라고 합니다."

"잘 왔소."

당황하던 빛도 잠시, 상관책은 이내 미소를 지으며 몸을 일으켰다.

"잘 오셨소이다."

백설련은 배시시 미소를 짓다가 광명우사에게 시선을 주었다. 광명우사는 조그만 목갑을 꺼내 열었다. 안에는 조그만 호리병이 들어 있었다.

"저희 할아버님의 성의입니다."

"이것은?"

"공청석유랍니다."

별것 아니라는 어조였지만 상관책을 비롯한 천해주의 눈이 크게 치켜떠졌다.

공청석유가 무엇이던가. 무공을 익힌 사람이 한 방울을 마시면 십 년의 내공이 늘어나고, 일반인이 마시면 무병장수한다고 알려진 전설의 영약이었다. 놀랄 수밖에 없었다.

"이렇게 귀한 것을… 아무튼 잘 받겠소이다."

"기뻐하시니 소녀도 마음이 놓이는군요."

"이쪽으로 앉으시오."

"그럼 실례하겠습니다."

백설련은 다소곳하게 자리를 잡고 앉았다. 광명우사 역시 그 옆자리에 앉았다. 상관책은 고개를 갸웃거렸다.

"그쪽 분은……?"

"아! 소개 드린다는 것을 깜박했군요. 광명우사님이세요."

상관책과 천해주의 눈이 다시금 커졌다.

광명우사는 그럴 만한 자격이 있었다.

광명좌사와 더불어 배화교의 교주 바로 밑을 차지하는 엄청난 존재였다. 현재 배화교에 광명좌사가 없으니 실질적인 이인자라 할 수 있었다.

광명좌사나 광명우사의 경우 바깥 활동을 일체 하지 않는 신비의 존재였다.

그리고 배화교에서 가장 무서운 인물이다. 이유는 광명좌사와 광명우사가 가진 특별한 권한 때문이었는데, 교주가 교리에 어긋나는 행동을 했을 경우 판단에 따라 직위를 박탈시키거나 처단할 수 있었기 때문이다.

특히 광명우사의 무공은 배화교주 백무혁을 훨씬 초월한다고 전해졌다. 상대적이기는 하지만 전 무림을 따져도 세 손가락 안에 들어갈 정도의 초절정고수라는 것이 중론이었다.

그런 광명우사가 무림에 처음으로 모습을 드러낸 것이다. 방금 전에 받은 공청석유는 이미 상관책의 뇌리에서 사라졌다. 충격의 강도가 다른 것이다.

"반갑소이다."

광명우사는 온화한 미소를 지으며 말문을 열었다. 상관책과 천해주는 눈을 끔벅이다가 황급히 예를 취했다.

"설마 광명우사께서 오실 줄은 몰랐소."

"이런 공식석상에는 처음이외다. 혹여 실수가 있더라도 이해해 주시오."

상관책과 천해주는 고개를 끄덕일 수밖에 없었다.

'흐음……'

광명우사는 내심 침음성을 삼키다가 힐끗 고개를 돌렸다. 상관책의 옆에 시립해 있는 적연의 모습이 보였다.

'음?'

공교롭게도 둘의 시선이 마주쳤다.

피식.

광명우사가 미소를 지었다. 적연은 고개를 갸웃거리며 의아한 표정을 지었다.

第二十一章

적가의 후손

龍
劍風

첫날의 일정이 끝나고 맹에서 내준 처소에 들어온 백설련이
침상에 풀썩 누웠다.

"재미없어요."

백설련은 가볍게 한숨을 내쉬며 중얼거렸다. 뭔가 재미있는
일이라도 있을까 하는 기대감을 가졌건만 어린 소녀에게는 따
분할 뿐이었다.

"빨리 돌아갔으면 좋겠어."

"하지만 아직 이틀은 더 머물러야 합니다."

"이틀씩이나……?"

광명우사의 말에 백설련이 고개를 떨구며 절망스런 표정을
지었다.

"주무십시오."

"할아버지도요."

"예."

광명우사는 백설련에게 예를 취한 뒤 처소를 나섰다.

차가운 밤공기를 맞으며 광명우사는 고개를 들어 하늘을 올려다보았다. 수많은 별들이 밤하늘을 수놓고 있었다.

"처소로 모시겠습니다."

어느새 광명우사의 옆에는 예쁘장한 시녀가 서 있었다.

"감시하라 이르던가?"

"예?"

시녀가 영문을 모르겠다는 표정으로 되물었다.

평범한 시녀처럼 보이지만 실은 그렇지 않음을 알 수 있었다. 배화교와 무림맹 간의 관계를 생각해 보자면 어쩔 수가 없는 일이다.

"되었다. 안내하거라."

"예."

시녀는 공손히 예를 취하며 걸었다.

안내라 할 것도 없이 광명우사의 처소는 백설련의 바로 옆방이었다.

"필요한 것이 있으시면 언제든지 불러주십시오. 바깥에서 대기하고 있겠습니다."

"그래."

달칵.

문이 닫히고 광명우사는 침상으로 다가가 앉았다.

'새벽녘쯤에 움직여 볼까?'

광명우사는 피식 웃으며 침상에 누웠다.

*　　　*　　　*

"그럼 돌아가 보겠습니다."

적연은 상관책에게 포권지례를 한 뒤 맹주전을 나섰다.

"후우……."

오늘은 피곤한 하루였다. 혹시 있을지도 모르는 불상사에 대비해 한시도 쉴 틈 없이 신경을 곤두세워야 했다. 맥이 탁 풀리는 기분이었다.

'이 짓을 이틀이나 더 하라고?'

적연은 고개를 설레설레 내저으며 자신의 처소로 돌아왔다.

언제나처럼 맞아주는 제갈여진과 임지령의 모습이 보이질 않았다. 두 사람 역시 각자 맡은 위치에서 고생을 했으니 곯아 떨어졌을 만도 했다.

"끄응!"

적연은 기지개를 켜며 겉옷을 옷걸이에 걸어놓고 침상에 누 웠다. 너무 피곤해서 씻을 힘도 없었다. 이내 적연은 고른 숨 을 내쉬며 잠들었다.

그렇게 얼마간의 시간이 지나고 막 자정이 지났을 무렵이었 다.

스윽.

적연의 방 안으로 한 사람이 내려앉았다.

청수한 인상의 노인, 광명우사는 침상에 곤히 누워 잠든 적연의 모습을 바라보았다.

'잠들어 있는가?'

광명우사는 천천히 적연의 얼굴을 뜯어보다가 소리없이 다가왔다.

번쩍.

순간 적연의 눈이 치켜떠졌다. 광명우사와 정면으로 눈이 마주쳤다.

적연은 잔뜩 경계 어린 눈빛으로 천천히 상체를 일으켰다. 어느새 손에는 날카로운 검이 쥐어진 상태였다. 벌써 방비를 하고 있었다는 뜻이다.

"잠든 게 아니었나?"

"날 바라보는 눈빛이 심상치 않았으니까."

광명우사는 빙그레 미소를 지었다. 아까 연회장에서 잠깐 동안 눈이 마주친 것뿐이건만 용케도 낌새를 눈치 챈 모양이었다.

"일월이 그토록 엉망으로 당한 이유를 조금은 알 것 같군. 훌륭해."

"일월?"

"자네와 싸우지 않았던가?"

적연은 기억을 더듬어보았다. 분명 처음 들어본 이름이다.

그러던 중.

"설마?"

한 사내가 생각났다. 고통을 느끼지 못하는 자.

"녀석은 배화교에서 보낸 건가?"

"그런 셈이지."

"흐음."

적연은 침음성을 삼켰다.

"무슨 이유지?"

"자네, 일월궁주와는 무슨 사이지?"

광명우사의 목소리가 무거워졌다. 순간 적연의 눈썹이 꿈틀거렸다. 갑자기 알 수 없는 압박감이 몸 전체를 짓눌렀기 때문이다.

"크윽……."

광명우사는 빙그레 미소를 지으며 물었다.

"버티기가 버거운가?"

적연은 눈을 부릅뜬 채 몸을 부르르 떨었다. 점점 몸까지 통제를 벗어나는 것 같은 느낌이다.

'빌어먹을!'

이대로 있을 수는 없다고 생각한 적연이 침상을 박차며 광명우사에게 달려들었다. 광명우사는 피식 웃으며 가볍게 뒤로 몸을 날렸다.

후웅!

적연의 공격은 너무도 허무하게 빗나갔다.

"성격이 급한 친구군."

순간 적연의 등 뒤에서 나지막한 목소리가 들려왔고 적연은 소스라치게 놀랐다. 분명 방금 전에 공격을 피해 뒤로 물러났건만 어느새 접근한 것이다. 눈으로 좇을 수 없는 엄청난 속도였다.

"겁먹을 필요는 없다. 널 죽이진 않아."

광명우사는 여유로운 어조로 말하며 적연과 시선을 맞췄다.

"일월궁주와는 무슨 사이더냐?"

"상관없잖아?"

"역시 쉽게 말하지는 않을 것 같군."

광명우사는 가볍게 고개를 내저으며 적연의 목 뒤로 손가락을 뻗었다. 일단 혈도를 짚어 움직임을 제압해 놓을 작정이었다. 하지만 제압할 수가 없었다. 목 뒤에 손가락이 닿으려던 찰나 팔이 부드럽게 밀려져 올라왔기 때문이다.

"음?"

광명우사는 눈을 동그랗게 떴다.

호신강기는 아니다. 뭔가 이질적인 느낌이다. 튕겨내는 것이 아니라 밀어내고 있었다.

'이건?'

광명우사는 재차 목 뒤로 손가락을 뻗었다. 이번에는 강하고 빠른 속도였다.

파앙!

광명우사의 팔이 튕기며 뒤로 젖혀졌다.

"크윽!"

비명성이 흘러나왔다. 처음 가볍게 뻗었을 때는 부드럽게 밀려져 올라왔지만 강하게 행하자 튕겨졌다.

"이이……."

약한 힘에는 약하게, 강한 힘에는 강한 반탄지기. 이런 괴이한 반탄지기를 쓰는 가문은 전 무림에서 오직 한 곳뿐이다.

"적가의 후손이었더냐?"

광명우사의 표정은 일그러질 대로 일그러진 상태였다.

만약 적가의 후손이라면 일월궁주와의 관계를 이해할 수 있었다.

"이것은 적가 특유의 반탄지기가 아니더냐."

광명우사의 핏발 선 말에 적연은 이해할 수 없다는 표정을 지었다.

"반탄지기?"

지금의 상황을 이해할 수가 없었다.

광명우사가 팔을 뻗었을 때는 끝났다고 생각했다. 처음에는 그의 팔을 밀어내더니 두 번째에는 강하게 튕겨냈다. 듣지도 보지도 못하던 현상이었다. 하지만 한 가지는 확실하다.

무언가 적연 자신이 알지 못하는 일이 일어났다.

적가 특유의 힘이 발현되어서.

생각해 보면 이런 일이 처음이 아니었다. 수룡왕과의 싸움에서도 그러했다. 다급한 마음에 수면을 후려쳤을 뿐인데 그녀는 내부가 진탕되어 전투 불능 상태가 되었다. 그리고 수룡왕은 말했다. 어떻게 적가의 무공을, 이라고.

광명우사의 말을 들어보니 이 기이한 현상 또한 적가의 무공인 듯싶었다.

'어째서지?'

여기서 의문점 한 가지.

어째서 자신이 익힌 적도 없는 무공을 쓸 수 있느냐는 거다.

"범의 자식이었구나."

찰나의 순간 상념에 빠져 있던 적연이 고개를 들었다. 광명우사는 이를 으득 갈며 적연을 노려보고 있었다.

'살기?'

적연의 눈썹이 꿈틀거렸다. 그러나 왠일인지 아까와 같은 압박감은 느껴지지 않았다.

"죽일 수 있겠는가?"

목소리 역시 여유로워졌다. 분명 객관적인 실력으로 따지자면 광명우사는 적연을 한순간에 죽일 수 있을 만큼의 무공을 가지고 있었다. 하지만 그럴 수가 없다.

이곳은 무림맹이었기 때문이다.

"내가 죽으면 골치 아파질 텐데?"

광명우사의 입이 한순간 닫혀졌다. 적연의 말은 틀리지 않았다.

만약 적연이 죽으면 이 일은 큰 파장을 몰고 올 테고, 적지 않게 귀찮아질 것이 뻔했다.

"크윽……."

광명우사는 침음성을 삼키며 적연을 노려보았다.

"자요?"

때마침 바깥에서 제갈여진의 목소리까지 들려왔다. 그와 동시에 광명우사가 창밖으로 튀어나갔다.

휘이이!

열어젖혀진 창문으로 싸늘한 바람이 불어 들어왔다.

"후우."

적연이 긴 한숨을 내쉬었다. 겉으로는 당당한 척했지만 내심 잔뜩 긴장하고 있던 터였다.

똑똑.

"안 자요?"

또다시 들려온 제갈여진의 목소리. 적연은 흐트러진 옷매무새를 매만지며 문 쪽으로 시선을 돌렸다.

"들어와."

"안 자네요?"

문을 열고 들어온 제갈여진은 적연을 바라보며 미소를 지었다.

"아까 보니 자는 것 같던데."

"자다 깼어요. 바람이라도 쐴 겸 나왔는데 처소가 좀 소란스럽길래 들러봤어요."

제갈여진의 말에 적연은 부드러운 웃음을 흘렸다.

"고맙소."

"예?"

적연의 말에 제갈여진이 고개를 갸웃거렸다. 그녀로 인해 광명우사가 물러갔음을 알 리 없었기 때문이다.

그와 같은 시각, 처소로 돌아온 광명우사는 처소 문을 열고 고개를 내밀었다.

"무슨 일이십니까?"

처소 바깥에서 대기하고 있던 시종이 광명우사에게 다가왔다.

"얼음주머니를 가져다주지 않겠느냐?"

"…아, 예."

뜻밖의 부탁에 의아한 표정을 지었지만 이내 시종은 혼쾌히 고개를 끄덕이며 얼음주머니를 가지러 갔다.

달칵.

문을 닫고 침상으로 다가가 앉은 광명우사는 어깨 부위를 매만지며 인상을 찡그렸다. 적연의 반탄지기에 튕겨 나간 쪽이었다.

"크윽……."

*　　　*　　　*

맹주의 환갑연 이틀째 날.

어제에 이어 잔치는 계속되었다. 그리고 백미는 바로 비무대회였다.

"후기지수들이 잘 커가고 있는지 이번 기회에 볼 수 있겠군."

상관책은 부드러운 미소를 지으며 주위에 둘러앉아 있는 이들에게 말했다. 처음 호응하고 나선 것은 종남파의 천해주였다.

"그렇구려. 오대가신가문의 분들도 그렇게 생각하지 않소?"

천해주의 시선은 상관책을 비롯한 구파일방의 손님들이 앉은 상석 바로 밑에 자리 잡고 있는 다섯 명의 노인들에게로 향했다.

"그, 그런 것 같소이다."

천룡회의 전대 가주인 녹두자가 애써 미소를 지으며 공손히 예를 올렸다.

'오대가신가문인가?'

상관책의 옆에서 호위 임무를 수행하던 적연의 눈가가 가늘어졌다. 오대가신가문들이었다. 오늘에서야 참석했는데 현 가주들이 아닌 전대 가주 및 장로들이 와 있었다.

적가가 무너진 지 삼십여 년이다.

세월을 따지고 봤을 때 눈앞의 다섯 노인이 당시의 상황을 주도했던 인물들이리라.

상관책은 빙그레 미소를 지으며 말문을 열었다.

"당연히 그대들 쪽에서도 참석하겠지?"

"그렇소."

이번에는 무한진가의 전대 가주인 진석성이 포권지례를 올렸다. 상관책은 만족스러운 미소를 지으며 고개를 끄덕이다가 힐끗 고개를 돌려 적연을 바라보았다.

　"자네도 한 번 나가보는 것이 어떻겠는가?"

　"예?"

　적연의 눈이 크게 떠졌다.

　"재미있을 거네."

　"하지만 전 맹주님의 호위 임무를 맡고 있습니다."

　"명령일세."

　"……."

　적연은 힘없이 고개를 끄덕였다. 그는 상관책의 입가에 의미심장한 미소가 번져 있음을 알지 못했다.

　"무슨 생각인 거지?"

　이해할 수가 없었다.

　'종잡을 수가 없군.'

　적연은 상관책이 앉아 있는 곳으로 시선을 주었다. 그는 흥미진진한 표정으로 앉아 있었다. 그 옆에는 종남파의 천해주 역시 마찬가지의 얼굴로 적연을 바라보고 있었다.

　또한 적연의 신경을 건드리는 시선들이 있었다. 첫 번째는 광명우사였다. 오늘 새벽녘의 일 때문이리라.

　'그리고.'

　두 번째는 오대가신가문의 인물들 중 한 사람인 해월문이었다.

'그럴 수밖에 없겠지.'

얼마 전 해월천의 일로 인해 적연을 증오하고 있을 것이다. 대놓고 망신을 준 셈이니 어쩔 수가 없었다.

둥! 둥!

그때 커다란 북소리가 울렸다. 비무대회가 시작되었음을 알리는 신호였다.

연무장에는 적연을 합한 열여섯 명의 후기지수가 서 있었다. 어쩌다가 이렇게 된 것이지는 모르겠지만 명이 떨어진 이상 어쩔 수 없었다. 해야 했다.

적연은 가볍게 한숨을 내쉬다가 다시금 상관책을 바라보았다. 참석하기 위해 내려올 무렵 그가 했던 말이 자꾸 마음에 걸렸다.

"상품을 가져가거라, 꼭."

'왜 그런 말을 했을까?'

적연은 고개를 설레설레 저었다. 그때 사회자가 앞으로 나와 외쳤다.

"지금부터 비무대회를 시작하겠습니다!"

"우오오!"

사회자의 선언과 동시에 연무장 주위를 뼁 둘러싼 관객들이 함성을 토해냈다.

그때 상관책이 몸을 일으켜 연무장으로 내려왔다.

"흠흠."

상관책은 헛기침을 두어 번 내뱉으며 관심을 모았다.

"내가 내놓는 상품은 검 한 자루요. 가져오게."

무사 한 명이 기다란 목갑을 가져왔다.

달칵.

목갑이 열리고 안에는 붉은색 검집을 가진 검이 가지런히 놓여 있었다.

"이 검의 이름은 적혈검이오."

관객들은 고개를 갸웃거리고 있었다.

비무대회의 승리자를 위한 상품으로 내놓을 만한 검이라지만 생소한 명칭이었기 때문이다.

"어, 어떻게 저 검이……?"

대다수의 의아함과는 달리 해월문은 눈가를 부르르 떨었다. 몹시 놀란 듯한 표정이다. 그것은 나머지 가신 가문들의 노인들도 마찬가지였다.

찰칵.

상관책은 목갑을 닫은 뒤 연무장에 서 있는 열여섯 명의 출전자들을 바라보았다.

"모두들 최선을 다해 임해주게."

그리고 천천히 출전자들을 지나치며 격려의 말을 건넸다. 마지막으로 적연의 앞에 섰다. 상관책은 의미심장한 미소를 지으며 조그만 목소리로 입을 열었다.

"자네 집안과 관계된 검이지."

"……!"

적연의 눈이 부릅떠졌다. 이미 상관책은 계단을 걸어 올라가고 있었다.

'이미 알고 있었던가?'

적연은 주먹을 꽉 쥐었다. 상관책은 이미 자신이 적가의 후손이라는 것을 알고 있었다.

왠지 놀아난 기분이다.

설렁설렁하고 조금은 엉뚱한 면이 허술해 보였다. 하지만 이런 면을 가지고 있었을 줄이야.

적연은 지그시 눈을 감으며 양손으로 머리를 쓸어 넘겼다.

"기필코 이기도록 만드는군."

번뜩.

감겨 있던 눈이 떠졌다.

첫 번째 상대는 청성파의 소추목이었다. 적연은 가볍게 몸을 풀다가 손에 쥐어진 검을 보고는 눈살을 찌푸렸다.

'시시하군.'

규칙은 간단했다. 싸워서 이기면 된다. 그러나 죽이면 안 된다.

결국 비무일 따름이다.

땡!

종소리가 울리며 경기가 시작되었음을 알렸다.

탕!

적연은 땅을 박차며 순간적으로 소추목의 품 안으로 파고들어 검 자루로 턱을 올려쳤다.

빡! 하는 소리와 함께 소추목의 몸이 뒤로 벌러덩 자빠졌다.

"저, 적연 승!"

당황스럽게 말을 더듬는 사회자의 목소리만이 조용한 연무장을 울릴 뿐이었다.

쏴아아!

관객들은 입을 벌린 채 이 충격적인 결과를 지켜보고.있었다. 소추목은 청성파에서 자랑하는 유망한 후기지수였다. 그런 그가 단 일 초식 만에 바닥에 드러누운 것이다.

관객들의 시선이 자연스럽게 적연에게 모였다.

적연은 가볍게 어깨를 으쓱이며 몸을 돌려 연무장을 빠져나왔다.

털썩.

의자에 앉은 적연은 가만히 연무장을 바라보다가 주위를 둘러보았다. 자신에게 집중된 시선을 느꼈기 때문이다.

'뭐지?'

이해할 수 없는 표정으로 고개를 갸웃거리던 찰나, 적연의 등 뒤에 서 있던 사내가 입을 열었다.

"대단하다."

"우와아!"

뒤이어 커다란 함성이 터져 나왔다.

적연은 떨떠름한 표정을 지었다. 이런 환호를 받은 적은 처음이었기 때문이다. 적연의 싸움에서는 언제나 비명과 피만이 가득했을 뿐이었다.

'생소한 경험을 다 해보는군.'

적연은 눈을 지그시 감으며 팔짱을 꼈다.

그렇게 한참의 시간이 지나고 적연의 두 번째 경기가 시작되었다.

"음?"

적연은 눈을 치켜뜨며 상대편을 바라보았다.

"문진이라고 했던가?"

"적연."

사내, 문진은 적연을 바라보며 결연한 눈빛을 띠고 있었다. 문진과는 한 번 비무를 가진 적이 있었다. 바로 종남산에서였다.

적연은 히죽 웃었다.

"그때보다는 좀 강해진 것 같군."

문진은 살기를 뿜어내며 검을 비껴 세웠다.

"이번에는 다를 거야."

땡!

팍!

종소리가 울림과 동시에 문진이 달려들며 검을 쭉 찔러 들어왔다. 적연은 가볍게 몸을 뒤틀어 공격을 피했다. 아니, 피했다고 생각했다. 순간 기묘한 변화를 일으키며 적연의 목 언저리를 노리고 검이 휘둘러졌다.

종남의 검법인 천하삼십육검이었다.

'흥!'

적연은 허리를 뒤로 젖히며 피해낸 뒤 몸을 빙그르르 돌리며 문진의 뒤로 돌아나갔다.

문진은 쉬지 않고 검을 휘두르며 적연을 압박해 왔다.

확실히 종남파에서와는 다르다. 그때의 패배를 교훈 삼아 절치부심 무공을 갈고닦은 것일 터.

불과 몇 달 만에 이 정도로 올라선 것은 칭찬받을 만한 일이다.

적연은 이를 꽉 물었다.

'하지만 나도 놀고만 있지는 않았거든.'

적연은 강맹한 기세로 검을 휘둘렀다. 문진이 재빨리 검을 곧추세우며 막아섰다.

까강!

엄청난 소리와 함께 문진의 상체가 기울어졌다.

'엄청난 강검!'

문진의 얼굴이 일그러졌다. 검을 쥐고 있는 손이 저릿저릿하게 울려왔다.

"후읍!"

적연은 호흡을 들이마시며 재차 검을 휘둘렀다.

깡!

날카로운 금속성이 재차 울리며 문진의 얼굴이 더욱 일그러졌다. 이제는 몸 전체가 울리고 있었다.

'마, 막을 수가…….'

깡! 짱!

연달아 강렬한 강검을 막아내고 있는 문진의 검이 균열을 일으키고 있었다.

콰창!

결국 적연의 공세를 견디다 못한 문진의 검이 산산이 부서져 허공으로 흩날렸다.

"아…….'

문진은 멍한 표정으로 검 자루를 바라보았다. 검날은 사라지고 없었다.

이미 승리자는 결정되었다. 그러나 적연은 안광을 번뜩이며 문진에게 다가섰다. 한 번 시작하면 끝을 본다. 그는 적당히라는 것을 모르는 사내였다.

쾅!

적연의 일권이 문진의 복부에 틀어박혔다.

콰당탕!

문진은 아무런 저항도 못한 채 일 장이나 나가떨어졌다.

그 모습을 처음부터 지켜보고 있던 종남의 장문인 천해주는 눈을 지그시 감았다.

압도적이다. 너무도 허망하게 패했다.

그간 제자의 노력을 봐왔던 터라 그 안타까움은 더했다. 그러나 승부는 승부다. 패자는 말이 없는 법이니까.

"후우."

적연은 가볍게 숨을 고르며 몸을 돌렸다.

"우와아!"

환호성은 어김없이 터져 나왔지만 적연은 아무런 동요도 보이지 않았다. 당연한 승리를 거둔 것인 양 말이다.

이후로도 경기는 어김없이 치러졌고, 네 명만이 남았다.

적연을 비롯해 무당파의 청명, 개방의 구걸개, 마지막으로 오대가신가문 중 하나인 악주묵가의 묵초풍이었다.

"누가 차선에서 이겨 결선에 올라갈까?"

관객들의 궁금증은 엄청나게 증폭되어 있었다. 무당파의 청명과 개방의 구걸개, 악주묵가의 묵초풍은 그들의 관심사에서 이미 빠져 있었다. 올라올 만한 자들이 올라왔기 때문이다.

모든 관심은 적연에게 쏠려 있었다. 적연이라는 이름은 이 비무대회에서야 처음 들어보았다. 하지만 이미 관객들에게 적연은 신비의 신진고수였다.

몇몇 이들은 돈을 걸며 누가 적혈검을 가져갈지 내기를 하고 있었고 열기는 뜨거워져만 갔다.

차선전의 첫 번째는 무당의 청명과 악주묵가의 묵초풍이었는데 결과는 예상외로 싱겁게 끝났다. 묵초풍은 현란한 검초를 선보이며 청명을 몰아붙인 끝에 승리를 거뒀다.

적연은 승리의 미소를 짓고 있는 묵초풍을 바라보며 나지막하게 중얼거렸다.

"공교롭군."

만약 적연이 개방의 구걸개를 이긴다면 묵초풍과 결선을 치르게 된다. 적연이 공교롭다고 말한 것은 묵초풍이 바로 악주묵가 소속이기 때문이다.

적가를 몰아내고 그 자리를 꿰찬 가문.

적연은 힐끗 고개를 돌려 상관책, 정확히는 그의 옆에 놓여 있는 목갑을 바라보았다.

"적혈검이라."

"자네 집안과 관계된 검이지."

"적연님과 구걸개님은 연무장으로 올라오십시오."

"이겨야겠지."

적연은 몸을 일으켜 연무장으로 걸어나갔다.

"와아아!"

환호성이 우렁차졌다.

구걸개는 생각보다 그리 대단하지 않았다. 적연의 공격을 몇 번 버티지도 못하고 실신해 실려 나갔다.

적연은 어깨를 으쓱이며 고개를 돌렸다. 반대편에 앉아 있는 묵초풍이 보였다.

"흥."

적연은 몸을 일으켰다. 결선은 한 시진 후에 치러진다. 각자의 체력이 온전히 회복되기를 기다리는 것이다.

"장주님."

그때 들려온 목소리에 고개를 돌려보니 제갈여진과 임지령이 다가오고 있었다.

"무슨 일이에요?"

제갈여진과 임지령은 영문을 모르겠다는 표정으로 적연을 바라보고 있었다. 적연은 어깨를 으쓱였다.

"맹주님의 명."

적연의 말에 여전히 이해가 되지 않는다는 얼굴이었지만 일단 고개를 끄덕이며 수긍했다. 임지령은 적연에게 다가오며 은근한 어조로 물었다.

"이제 한 경기만 남으셨군요."

"뭐 그런 셈이지."

"꼭 이기세요."

"이길 거야."

적연은 여유로운 어조로 말하며 걸음을 옮겼다. 한 시진이라는 시간이 남았으니 어디 한적한 곳에 가서 쉴 셈이었다.

연무장을 벗어나 걸으니 자그만 정원이 나왔다.

"후우……."

적연은 흐트러진 머리를 다듬으며 한숨을 내쉬었다.

쉬고자 했지만 무리인 것을 안다. 여러 가지 일이 한번에 닥쳤기 때문이다.

'나에 대해 어디까지 알고 있는 거지?'

솔직히 맹주가 적연의 정체를 알고 있으리란 생각은 꿈에도 하지 못했다.

"알 수가 없군."

"뭐가 알 수가 없다는 거지?"

"누구냐?"

갑자기 들려온 가녀린 목소리에 적연이 고개를 돌렸다.

그곳에는 한 소녀가 서 있었다. 적연이 아는 얼굴이었다. 광명우사와 같이 온 배화교주의 손녀.

'백설련이라고 했던가?'

적연은 예를 취했다.

"그럴 필요 없어. 실례는 내가 한 거니까."

다짜고짜 반말이다.

"무슨 일이신지?"

"본녀는 비무대회를 별로 좋아하지 않아."

"그러십니까?"

같이 있어 봤자 귀찮아질 것만 같다. 적연은 예를 취했다.

"그럼 저는 이만."

"잠깐."

"예?"

적연이 고개를 갸웃거리자 백설련은 뾰로통한 표정을 지었다.

"바빠?"

"그렇지는 않습니다만."

"그러면 여기 있어. 혼자 있는 건 심심해."

'뭐 이런 계집애가 있지?'

반말도 모자라 명령까지 한다. 적연은 기가 찼다.

"여기 있어."

"…예."

그렇게 대답할 수밖에 없었다. 직위가 죄라면 죄였다. 백설련에게 잘못 보였다가 괜히 낭패 보기 싫었기 때문이다.

백설련은 정원 한가운데 놓인 바위에 걸터앉으며 옆자리를 손으로 탁탁 쳤다.

"특별히 본녀의 옆에 앉을 수 있는 영광을 내리지."

"……."

"뭐 해?"

적연이 백설련의 옆에 앉았다.

"여긴 지루해. 재미없어."

"……."

백설련이 눈썹을 치켜 올렸다.

"대꾸 안 해?"

적연은 황당한 표정이다. 평소라면 볼기짝이라도 후려쳐 주었겠지만 눈앞에 있는 건방진 계집아이는 그럴 수가 없는 위치였다. 배화교주의 고귀한 손녀가 아닌가.

적연도 그 정도 눈치는 있다.

"죄송합니다."

"한 번만 봐주겠어. 잘해."

백설련은 양다리를 가슴팍에 끌어 모으며 얼굴을 묻었다.

"그대는 여기저기 많이 다니지?"

"그런 편입니다."

"좋겠네. 본녀는 함부로 어디도 못 나다니는데."

백설련은 주먹을 부르르 떨며 이를 바득바득 갈았다.

'귀여운걸?'

꼭 자신을 지칭할 때 본녀라 말하는 것이나 나름대로 어른스럽게 말하려는 모습이 그러했다. 물론 입 밖으로 내지는 않았다.

"다들 본녀가 좋은 부모 만나 잘 먹고 재미나게 사는 줄 아는데, 꼭 그렇지만도 않아. 공부할 것도 많고, 이런저런 제약도 엄청나거든?"

"그렇습니까?"

"사실 교 바깥에 나온 것은 이번이 처음이야. 잔뜩 기대했는데 별로네."

"어디나 마찬가집니다."

"그런가?"

"결국에는 어느 곳이나 사람 사는 곳이니까요."

적연의 담담한 말에 백설련은 고개를 끄덕이다가 대뜸 얼굴을 들이밀었다.

"흐음… 잘 보니 꽤 준수하게 생겼네?"

당돌하기 그지없는 말에 적연은 복잡한 표정을 지으며 턱을 매만졌다.

'곤란하군.'

"이런 곳에서 무얼 하십니까?"

때마침 들려온 목소리에 적연과 백설련의 고개가 돌아갔다.

"광명우사……."

"할아버지!"

적연과 백설련의 표정은 순식간에 상반되게 변했다. 적연은 벌레 씹은 표정이 되었지만 백설련은 반갑게 외치며 쪼르르 광명우사에 달려갔다.

광명우사는 백설련을 부드럽게 응시했다. 그 뒤로 무림맹의 시녀가 서 있었다.

"이런 곳에 계셨습니까?"

"비무대회 따위는 시시하거든요."

"혼자 다니시면 아니 된다 말씀드리지 않았습니까?"

"죄송해요."

백설련은 방긋 미소를 짓다가 적연을 바라보았다.

"기회가 닿으면 또 봐."

"예."

적연의 대답에 백설련은 광명우사와 걸어나갔다. 광명우사는 힐끗 고개를 돌려 적연을 바라보았다.

정원을 나설 무렵 광명우사가 백설련에게 말을 걸었다.

"우연히 만나뵈신 겁니까?"

"예."

"마음에 드십니까?"

"꽤 준수하게 생겼잖아요?"

천진한 백설련의 말에 광명우사는 눈살을 찌푸리며 입을 열었다.

"그래서는 곤란합니다."

"무슨 소리죠?"

광명우사의 얼굴이 차갑게 가라앉았다.

"저자는 우리의 적입니다."

백설련은 눈을 끔벅일 뿐이었다.

"와아아!"

커다란 함성 소리.

한 시진이 지나고 대망의 결선이 시작되려는 순간이었다.

연무장에는 적연과 묵초풍이 서로를 마주 본 채 서 있었다.

'악주묵가인가?'

적연은 입술을 살짝 깨물었다. 적가를 몰락시키고 그 자리를 꿰찬 가문.

더러운 협잡꾼들이다. 적운은 마굴에 떨어졌고, 적연과 산예 모자는 대막으로 쫓겨났다.

'막상 마주 보게 되니…….'

가슴속이 꿈틀거리며 어떤 감정이 치솟아올랐다. 그것은 분노였다.

적연은 차가운 미소를 흘리며 나지막한 목소리로 이번 비무대회의 규칙을 중얼거렸다.

"죽이면 안 된다. 그 말인즉슨 죽이지만 않으면 된다는 소리."

철컥.

적연은 검을 검집에 넣었다. 묵초풍이 의아한 표정을 지었다. 검을 든 상대를 앞에 두고 맨손으로 대항하다니.

땡!

시작을 알리는 종소리가 울리고 적연은 땅을 박차며 묵초풍에게 달려들며 폭풍 같은 공격을 퍼부었다.

쾅!

"끄윽!"

처음의 일권이 묵초풍의 가슴팍에 작렬했다.

"커윽!"

묵초풍의 상체가 숙여졌다. 적연은 두 손을 뻗어 묵초풍의 머리를 잡아 내리누르며 무릎을 올려쳤다.

콰작! 하는 소리와 함께 적연의 무릎이 묵초풍의 얼굴 한복판에 찍어 들어갔다.

그와 동시에 한쪽 팔을 들어 팔꿈치로 등을 내리찍었다.

"아아악!"

비명 소리가 연무장을 울리고 있었다. 그야말로 적연은 악귀처럼 떨어지지 않고 쉴 새 없이 주먹을 날렸다. 묵초풍의 몸은 공격에 따라 이리저리 퍼덕였다.

어느새 연무장 바닥 이곳저곳에는 핏물이 튀어 있었고 그 광경을 바라보는 관객들의 얼굴은 조금씩 창백해져 갔다.

'약하다, 이놈은 약해. 아니, 내가 강한 건가?'

묵초풍은 정신없이 적연의 공격을 몸으로 받아내는 꼴이 되고 말았다.

스윽.

적연의 공격이 갑자기 멈췄다.

똑… 똑…….

주먹에 흥건히 묻은 피가 바닥에 떨어졌다. 적연의 시선은 묵초풍에게 고정되어 있었다.

"끄으윽."

묵초풍은 가는 신음성을 흘리며 비틀거리고 있었다. 어느새 눈에는 초점이 사라진 상태였다.

턱.

적연은 묵초풍의 멱살을 틀어잡아 쓰러지지 않도록 고정시킨 뒤 고개를 돌렸다. 사색이 된 채 발을 동동 구르고 있는 악주묵가의 장로 묵인풍의 모습이 보였다.

씨익.

적연이 희미한 미소를 지을 무렵이었다.

"음?"

갑작스레 느껴진 살기에 적연이 고개를 돌렸다.

엉망으로 망가진 얼굴이었지만 안광만은 시퍼렇게 빛나고 있었다. 그리고 허리 뒤로 당겨져 있던 주먹이 적연을 향해 튕겨 나왔다.

'나답지 않았다.'

적을 앞에 두고 감정에 치우쳐 버렸다. 평소라면 절대 있을 수 없는 일이었다.

'너무 가깝다.'

막을 수가 없었다.

이토록 빨리 몸을 추스르고 공격을 날리리라고는 생각지 못했다. 방금 전까지만 하더라도 정신을 놓지 않았던가.

'빌어먹을!'

적연은 입술을 꽉 깨물었다. 어쩔 수가 없다. 한 방 맞아주는 수밖에는 없다. 지금 적연이 할 수 있는 것은 최대한 몸을 틀어 최소한의 타격을 받는 것이다.

"죽어라!"

발악적인 외침과 함께 묵초풍의 일권이 적연의 옆구리에 작렬했다. 아니, 정확히 말하자면 작렬할 뻔했다.

텅!

엄청난 충격음과 함께 묵초풍의 팔이 뻗어 나왔던 반대 방향으로 튕겨 나가며 몸이 젖혀졌다. 순간적으로 몸을 틀려 노력은 했지만 충격을 받지 않을 수는 없었다. 그런데 몸 어느 곳에도 느낌은 오지 않았다. 말하자면 닿기 전에 무형의 무언가에 튕겨 나간 것이다.

적가 특유의 반탄지기. 약한 힘에는 약하게, 강한 힘에는 강하게.

불행히도 묵초풍의 경우에는 후자였다.

와각!

반탄력에 튕겨 나간 팔이 등 뒤로 돌아가며 섬뜩한 소리가

났다. 팔이 빠져 버린 것이다.

"으아아악!"

찢어지는 비명 소리. 묵초풍은 바닥에 주저앉아 몸을 버둥거렸다.

'저번과 같은 건가?'

광명우사가 자신에게 공격을 가했을 때 튕겨냈던 적가의 반탄지기.

"바, 반탄지기?"

상석에 앉아 있던 무림의 명숙들이 벌떡 몸을 일으켰다. 분명 저것은 반탄지기였다.

이른바 내가고수들만이 운용할 수 있는 최절정의 방어법이었다. 아직 어린 적연이 그 정도의 수준에 올랐다는 것은 감탄스러운 일이었다. 더욱이 불시에 공격을 당했음에도 반탄지기가 발현되다니.

"뭐, 뭐지?"

그에 반해 오대가신가문의 장로들이나 몇몇은 대다수의 명숙들과는 다른 눈빛이었다. 그것은 감탄이 아닌 경악이었다.

"평범한 반탄지기가 아니야."

해월문의 중얼거림에 무한진의 진석성이 떨리는 음성을 흘렸다.

"서, 설마……."

그들의 뇌리를 스치는 불길한 사내의 그림자.

한편, 적연은 묵초풍의 멱살을 틀어잡아 일으켰다.

"으, 으으으……."

묵초풍은 처절한 신음성을 흘리며 몸을 떨고 있었다. 어깨가 탈구되었을 때의 고통은 상상을 초월한다. 더 이상 싸울 수 있는 상태가 아니다.

적연은 묵초풍의 안면 가까이 얼굴을 들이밀었다.

화악!

적연의 뜨거운 숨이 묵초풍의 안면에 닿았다.

시퍼런 안광과 벌어진 입 사이로 드러난 새하얀 치아는 금방이라도 묵초풍을 씹어 먹을 듯 위압적이었다.

"아아아!"

묵초풍의 눈가에서 눈물이 맺히더니 볼을 타고 흘러내렸다. 엄청난 고통과 압도적인 공포감 때문이다.

이미 묵초풍은 적연이라는 야수의 먹잇감으로 전락한 상태였다.

"죽이지는 않는다."

적연은 천천히, 그리고 또박또박 말했다.

"반항해 봐라. 나를 밀쳐 내봐."

"으아아아……!"

눈이 크게 치켜떠지며 적연의 외침이 연무장을 울렸다.

"어서!"

"으아악!"

묵초풍이 눈을 질끈 감으며 아직은 성한 팔을 휘둘렀다. 하지만 그 속도는 너무도 느렸고 미약한 내공밖에 싣지 못했다.

스륵.

묵초풍의 손바닥이 적연의 어깨에 닿지 못한 채 부드럽게 밀려 나갔다.

"흥."

적연은 틀어쥐고 있던 멱살을 놓았고 묵초풍을 허물어지듯 엎어졌다.

그와 동시에 해월문이 털썩 그 자리에 주저앉았다.

"저, 적가다… 적가의……."

넋이 나간 듯한 읊조림이었다. 그것은 다른 가신 가문들의 장로들 또한 마찬가지였다.

─부드러움에는 그보다 더한 부드러움으로 대항하고, 강철 같은 강함에는 그보다 더한 강함으로 대항한다.

"왜, 왜 그 생각을 못했지?"

해월문은 적연을 바라보며 중얼거렸다. 왜 적연의 성으로 적가를 유추하지 못했는가. 이토록 풍기는 기세가 낯익었는 데.

이제 와서 하는 탄식은 아무짝에도 쓸모없는 것이었다.

상관책은 그런 그들의 모습을 바라보고 있었다. 그리고 어느 순간.

씨익.

상관책의 입꼬리가 말려 올라갔다.

"스, 승자. 적연."

사회자의 목소리는 떨리고 있었다. 이토록 일방적이고 잔인한 비무를 가장 가까운 거리에서 보았으니 당연한 반응이리라. 그래서인지 관객들 역시 쥐 죽은 듯 조용했다.

적연은 정신을 잃은 묵초풍을 내려보다가 쪼그리고 앉았다.

슥슥.

놀랍게도 적연은 자신의 주먹에 흥건히 묻은 피를 묵초풍의 옷을 이용해 닦아냈다.

"크윽……!"

그 모습을 지켜보던 악주묵가의 장로 묵인풍이 주먹을 으스러져라 쥐었다. 이것은 씻을 수 없는 치욕이었다.

그에 아랑곳없이 적연은 천천히 몸을 일으켜 상석의 계단으로 걸어 올라갔다.

사삭!

적연이 가는 방향에 모여 있던 관객들이 양옆으로 갈라지며 길을 내주었다. 질려 버린 눈빛은 적연에게 향해 있었지만 그 누구도 수군거리지 않았다.

뚜벅. 뚜벅.

적연은 느린 걸음으로 계단을 밟고 올라가다가 고개를 돌렸다. 오대가신가문들의 장로들이 핏발 선 눈으로 적연을 노려보고 있었다.

'알아버렸나 보군.'

피식.

왠지 미소가 지어졌다. 경멸감이 담긴 비웃음이.

적연은 고개를 들어 상석을 바라보았다. 제일 먼저 시선에 들어온 것은 입술을 꽉 깨물고 있는 광명우사였다.

분한 표정이지만 적연은 가볍게 고개를 돌려 외면하며 상관책을 바라보았다. 그는 입가에 한껏 미소가 머금어져 있었다.

"최후의 승리자가 된 것을 축하하네."

'능구렁이 같은 영감탱이.'

무슨 생각인지는 모르겠지만 한 가지 확실한 것은 상관책이 적연의 정체가 드러나도록 조장했다는 점이다.

"감사합니다."

일단 겉으로 감정을 드러내지 않고 적연은 미소를 지었다. 상관책은 목갑을 열어 적혈검을 꺼내 적연에게 건넸다.

"이제부터 이 검은 자네 것일세."

"본래 적가의 검이었으니, 본 주인을 찾아가는 거지."

뒷말은 전음으로 이루어졌다. 적연은 공손히 허리를 숙이며 적혈검을 받아 들었다.

第二十二章

적가의 생존자

龍
劍風

그날 저녁. 두 번째 날의 모든 일정이 끝나고 적연은 맹주전
에 갔다.

"어서 오게."

편안한 옷으로 갈아입은 상관책은 적연이 올 것을 예상했다
는 얼굴이었다.

"무슨 의중이십니까?"

적연은 눈을 번뜩이며 상관책을 노려보았다. 상관책은 빙그
레 미소를 지으며 짐짓 적연의 허리춤에 차인 적혈검으로 시
선을 고정시켰다.

"흐음… 검 멋지군. 잘 어울려."

"화제를 다른 곳으로 돌리지 마십시오."

적연의 언성이 한층 거칠어지자 상관책은 가볍게 손을 내저었다.

"일단 진정하고 앉게."

상관책의 말에 적연은 한차례 헛기침을 내뱉고는 의자에 앉았다.

"…언제부터 알고 있었습니까?"

"좀 됐네."

적연은 입술을 꽉 깨물었다.

"오해는 말게. 난 자네를 지지하는 입장이니까. 언제까지고 숨길 수 있는 일도 아니지 않던가?"

상관책은 빙그레 미소를 지었다. 이미 적연은 적가의 피를 이어받아 그 능력이 서서히 발휘되고 있었다.

"어차피 자네가 적가의 후손이라는 사실이 알려지는 것은 예정된 수순이었네. 나는 단지 좀 더 극적으로 보이도록 도움을 준 것뿐이지."

"비무대회 자체가 절 위한 무대였다, 이 말씀이십니까?"

상관책은 '잘 알아듣는군'이란 표정이다.

"이십칠 년 전 적가가 망했네. 내가 무림맹주에 취임한 지 꼭 일 년 만이었지."

적연은 눈을 크게 뜨며 상관책을 응시했다.

"상당히 젊을 적에 맹주에 오르셨군요?"

"당시 내 나이가 서른둘이었지. 역대 최연소였어. 뭐, 억지로 추대된 것이기는 하지만."

억지로 추대된 것이기는 하지만이라고 말할 때에 상관책의 입가에 씁쓸한 미소가 머금어졌다.

"꼭두각시였습니까?"

적연의 직접적인 물음에 상관책은 어깨를 으쓱였다.

"무늬만 맹주라……."

상관책은 잠시 입을 다물었다가 적연에게 시선을 주며 화제를 바꿨다.

"그거 아나? 당시 적운의 나이가 지금 자네의 나이와 같았다는 것을."

"으음……."

"그런 어린 나이임에도 불구하고 적운은 당대 최고의 고수였다네. 물론 암중으로 말이야."

당시에 적가는 무림맹 직속 수호의 임무를 맡은 암중 단체였다. 언제나 아무도 모르는 곳에서 임무를 수행했기에 무림에는 전혀 알려지지 않았다.

반대로 악주묵가는 적가를 무너뜨린 후 같은 임무를 맡았지만 외향적으로 드러낸 점이 달랐다.

'그랬군.'

"그들의 입장에서 적운의 무공은 걸림돌이었어. 나를 가지고 함부로 놀 수가 없었거든."

적연의 눈이 빛났다.

"따지고 보면 결국 적가가 망한 이유 중에는……?"

"그래, 나에 관한 것도 있지. 하지만 또 한 가지. 바로 적운의 강함. 특히 그 무공."

적연은 눈을 끔벅였다. 상관책은 빙그레 웃다가 불현듯 적연의 어깨를 향해 손을 뻗었다.

스륵!

묵초풍이나 광명우사와 마찬가지로 상관책의 손이 부드럽게 밀려나왔다.

"이 반탄지기."

상관책은 다시 빙그레 미소를 지었다.

"역사상 가장 완벽한 방어 무공, 적룡반탄공(赤龍反彈功)이지."

"적룡반탄공?"

적연은 눈살을 찌푸렸다. 거창한 듯 보이지만 빈티나는 무공명이다. 상관책은 적연의 생각을 읽었는지 어깨를 으쓱였다.

"적운은 다 좋은데 무공 이름을 잘 못 지었어."

"으음……."

"하여튼 이 반탄지기로 인해 적운은 최강이었어. 그 누구도, 어떤 무공으로도 적운에게 타격을 입힐 수가 없었으니까."

듣고 있던 적연에게 한 가지 의문이 생겼다. 아버지인 적운에게 그 어떤 공격으로도 해를 입힐 수 없었다면 어떻게 마굴에 몰아넣을 수 있었을까.

"그런데 어떻게 제압해서 마굴에 던져 넣을 수 있었습니까? 이해가 되질 않는군요."

"제압했다기보다는 그쪽으로 유인해서 몰아넣은 거지."

상관책은 가볍게 한숨을 내쉬었다.

"그 정도로 적운은 완벽했어. 하지만 말일세, 자네는 아직 어설퍼, 너무도 말이지."

상관책은 빙그레 미소를 지으며 적연의 어깨를 토닥여 주었다.

"음?"

"보게. 이번에는 닿았지?"

적연의 눈이 크게 떠졌다. 아까와는 전혀 다른 상황이 펼쳐졌다.

"어째서……?"

분명 밀려나거나 튕겨 나갔어야 옳았다. 상관책은 피식 웃으며 대답해 주었다.

"그럴 수밖에 없지, 내공이 실리지 않았으니까."

적연은 눈을 끔벅였다. 내공이 실리지 않은 것이 뭔 상관이란 말인가.

"이렇게 닿은 상태에서……."

우웅!

"크으!"

순간 적연이 비명성을 토해냈다. 순간적으로 화기가 주입되며 상관책의 손이 얹힌 어깨 부위가 떨어져 나갈 듯 고통스러워졌다.

"아직 자네는 반쪽짜리지. 적운은 이런 상태에서 공격을 당해도 방어해 낼 수 있었으니까."

'내공이 실린 공격만 방어할 수 있단 말인가?'

이것은 그야말로 상관책이 말한 대로 반쪽짜리였다. 상관책은 빙그레 미소를 지었다.

"그는 마굴에 떨어져 생사를 알 수 없지만 나는 아직까지 이렇듯 이곳에 있네."

'…살아 있다는 것까지는 모르는군.'

적연은 꾹 입을 다물었다.

상관책은 가볍게 손을 내저었다.

"이만 물러가 보게."

"알겠습니다."

적연은 예를 취한 뒤 조심스럽게 대전을 나섰다.

달칵.

문이 닫히고 대전 안에 홀로 남게 된 상관책은 가벼운 손길로 턱을 매만졌다. 온화하던 미소가 서서히 사라지더니 한쪽 입꼬리가 위로 휘어져 올라갔다.

"큭큭큭……."

처소로 돌아온 적연은 허리춤에 차인 적혈검을 꺼내 들었다.

'이것이 우리 가문의 보검…….'

스릉.

검집에서 뽑혀져 나온 검날은 불그스름한 빛을 띠고 있었고, 검 자루에는 용이 정교하게 조각되어 있었다. 적연은 적혈검을 쥐고 수평으로 한 번 베어보았다.

"음?"

적연의 눈이 동그랗게 떠졌다.

"설마?"

이번에는 있는 힘껏 베어보았다.

마찬가지다.

"아무런 소리가 나질 않아."

검을 휘두를 때의 파공성이 전혀 나질 않았다. 있을 수 없는 일이다. 어찌 공기를 가르는데 소리가 나지 않을 수 있단 말인가.

"좋군."

적연의 입가에 만족스러운 미소가 머금어졌다. 검술을 펼칠 때 유리한 점이 있었다. 일단 소리가 나질 않으니 상대방이 파공성을 듣고 피할 수가 없을 것이다.

아직 모르는 무언가가 또 있을 수도 있겠지만 현재로서는 이것만으로도 충분히 가치가 있었다.

철컥.

검을 머리맡에 놓아두고 누워 잠시 생각에 빠졌다.

'오늘은 여러 가지 일이 있었군.'

비무대회에 참석해 적혈검을 얻게 되었고, 상관책에게 적가의 이야기와 자신의 반탄지기가 가진 단점을 듣게 되었다.

'내공에만 반응하는 반쪽짜리 반탄지기……'

적연은 눈을 지그시 감았다.

그 시각. 무림맹에서 가장 가까운 위치에 자리한 무한진가에서는 오대가신가문의 전대 가주나 장로들이 긴급히 소집되어 있었다.

"적가의 후손이라니… 이건 말도 안 되오!"

맨 처음 말문을 연 것은 천룡회의 장로 녹지호였다. 반대편에 앉아 있던 해월문은 심각한 표정을 지었다.

"이십칠 년 전 그때 산예 그 계집을 놓친 것이 이토록 후회가 될 줄이야."

적연의 어미인 산예는 당시 처절한 도주 끝에 이들을 따돌린 후 자취를 감췄다.

"이미 지나간 일을 후회해 본들 무슨 소용이겠냐마는… 후우."

해월문의 넋두리는 타당했다. 결국 과거의 일일 따름이다. 지금 이들이 살아가고 있는 것은 현재니까.

"적룡반탄공까지 익히고 있다는 것이 문제요."

"어떠한 타격도 입힐 수 없다는 뜻이군."

녹지호는 양미간을 손으로 짚으며 시름 어린 한숨을 내쉬었다. 그런 모습을 바라보고 있던 악주묵가의 묵인풍이 이를 뿌득 갈았다.

묵가의 소가주인 묵초풍이 초주검이 되었다. 의원의 말로는 생명에는 지장이 없지만 안면이 완전히 함몰되어 예전의 외모를 되찾을 수는 없을 것이라 했다. 상황이 이러하니 묵인풍이 노하지 않을 수가 없었다.

"녀석을 처리할 그 어떤 방도도 없단 말이오?"

"끄응……"

나머지 네 명은 침음성을 흘리며 고개를 떨구는 수밖에 없었다.

"내가 제기하고 싶은 것은 맹주의 의중이오."

문득 해월문이 맹주에 관한 의문점을 드러냈다. 적혈검이나 비무대회, 그리고 적연의 출연. 모든 것이 모두 짜맞춘 것처럼 진행되었기 때문이다.

그때 무한진가의 진석성이 황성봉가의 봉리추에게 시선을 주었다. 봉리추는 고개를 끄덕인 뒤 슬며시 입을 열었다.

"사실… 얼마 전부터 우리 아이들이 적연에 대해 조사를 하고 있었소."

"그게 무슨 소리요?"

해월문이 놀란 얼굴로 진석성과 봉리추를 주시했다. 진석성은 떨떠름한 표정으로 말문을 열었다.

"얼마 전 한 가지 첩보가 들어왔소, 적연에 대해서."

봉리추가 고개를 끄덕이며 뒷말을 이었다.

"이십칠 년 전 일에 대해 이리저리 들쑤시고 다니는 녀석이라는 것 정도였소. 설마 적가의 녀석이라고는 상상도 하지 못했소."

"설마 아이들이 적가에 대해 알고 있소?"

"그렇지는 않소."

진석성과 봉리추가 절대 아니라는 표정으로 고개를 내저었다. 해월문은 한숨을 내쉬며 당부하듯 좌중을 향해 입을 열었다.

"그 일은 우리 이외에는 그 누구도 모르는 일입니다. 절대 알려져서는 안 되오."

적가의 멸문은 다섯 가문의 장로 급들을 제외하고는 아무도 모르는 일이었다. 현재 가주들조차도 말이다.

"그렇게 된다면 우리들의 가문은 끝이오."

"문제는 상관책 그자지."

진석성이 입술을 꽉 깨물었다.

묵인풍이 분을 이기지 못하고 탁자를 내려치며 분기했다.

"누구 덕분에 삼십 년 가까이 맹주 직을 유지하고 있는데. 은혜도 모르는 호로자식!"

"쉿! 누가 듣겠소."

"크음……."

"일단은 잔치가 끝나길 기다렸다가 맹주를 만나봅시다. 무슨 속셈인지 알아봐야겠소."

해월문의 제안에 모두들 고개를 끄덕였다. 딱히 다른 수가 없었기 때문이다.

다음날 삼 일에 걸쳐 성대히 치러졌던 환갑연이 끝났다.

하나 잔치의 여운이 끝나기도 전에 상관책은 오대가신가문의 방문을 받아야 했다. 바로 어제 진가에 모였던 장로들이었다.

"어서 오시구려."

상관책은 당연히 올 줄 알았다는 표정으로 다섯 노인을 맞이했다.

"무슨 생각이시오?"

묵인풍이 한 치의 망설임도 없이 말을 꺼냈다. 상관책은 짐짓 헛기침을 하며 어깨를 으쓱였다.

"무슨 소리들이신지?"

"하아! 지금 우리와 장난하자는 것이오?"

묵인풍의 언성이 높아졌다. 물론 상관책은 눈 하나 깜박이지 않았지만.

"적가의 애송이 말이오!"

"아아… 그것 말이오? 난 전혀 모르는 일이었소만."

"이런 어줍잖은……."

계속되는 상관책의 발뺌에 묵인풍의 안색이 점점 시뻘겋게 달아올랐다. 그 모습을 바라보던 해월문은 안 되겠다 싶었는지 묵인풍을 잡아끌고는 앞으로 나섰다.

"그대가 무슨 생각인지는 모르겠소. 하지만 이것 하나는 알아두시오. 여지껏 맹주 직을 유지할 수 있었던 것은 우리 덕분이라는 것을."

상관책은 여유롭게 웃었다.

"그 말인즉슨 그대들의 결정에 따라 맹주를 바꿀 수도 있다. 그런 뜻이오?"

다소 도발적인 내용에 다섯 장로의 눈이 크게 치켜떠졌다. 특히 말을 꺼낸 해월문은 입을 벌린 채 눈을 끔벅이며 상관책을 바라보고 있었다.

"그, 그런 뜻이 아니오."

상관책은 피식 웃으며 어깨를 으쓱였다.

"이, 이만들 가십시다."

따지러 왔다가 도리어 당한 셈이 된 장로들이 황급히 맹주전을 나섰다.

상관책은 턱을 매만졌다.

"늙은이들… 슬슬 정리할 때가 되기는 했지."

상관책의 입가에 머금어져 있던 미소가 짙어졌다.

*   *   *

적연은 텅빈 연무장을 바라보다가 가볍게 몸을 돌렸다.

"수고하셨어요."

제갈여진이 걸어오며 적연에게 살며시 미소를 짓자 적연은 고개를 숙여 보였다.

"검 멋지네요."

적연은 자신의 허리춤에 차인 적혈검을 한차례 쓰다듬었다. 제갈여진은 부드러운 미소를 지으며 입을 열었다.

"내일부터 열흘간의 휴가가 시작될 텐데 뭐 할 거예요? 뭔가 계획이라도 있으신가요?"

"글쎄."

따지고 보면 휴가라고는 하나 딱히 갈 만한 곳이 없었다. 적연의 말에 제갈여진은 '그럴 줄 알았어'란 표정으로 어깨를 으쓱였다.

"그대는 뭐 하고 지낼 거지?"

"전 집에나 갔다 오려고요."

"잘 다녀오시오."

적연은 고개를 끄덕이며 처소 쪽으로 걸음을 옮겼다.

"아……."

멀어져 가는 적연의 뒷모습을 바라보며 제갈여진이 입술을 깨물었다.

"저, 저기요."

"음?"

"저, 저녁에… 회식 안 해요?"

"회식?"

"환갑연도 무사히 끝났으니까, 기분 전환 삼아서요."

"난 좀 피곤해서."

적연은 가볍게 손을 내저으며 멈췄던 걸음을 다시 옮겼다.

"히잉."

제갈여진은 울상을 지으며 어깨를 축 늘어뜨렸다.

"하아, 피곤하군."

처소로 돌아오기가 무섭게 침상에 엎어진 적연이 앓는 소리를 냈다.

"곧 다시 보게 될 것이다."

광명우사는 섬뜩한 말을 남기고는 유유히 무림맹을 떠났다. 물론 전음이라는 수법이기는 했지만 그 살벌한 표정이란…….

"이상하게 고수들이랑 꼬이는 것 같군."

생각해 보면 그랬다. 우선 궁귀 조형, 수룡왕 허난경, 일월 궁주를 비롯해 광명우사까지.

"대막으로 돌아가지 못하는 이유 중 하나일는지도 모르겠군."

그렇다면 다른 이유는 무엇일까.

갑자기 적운의 목소리가 떠올랐다. 너무 어두워서 얼굴조차 보지 못하고 목소리로만 들었던 이 세상에 유일하게 남은 자신의 부친.

"제길."

적연은 나지막이 욕설을 내뱉었다.

그토록 증오했는데 어째서일까. 언제부터인가 증오심이 희석되어 가고 있었다.

그리움?

"말도 안 돼."

겉으로는 부정했지만 적연의 내심은 달랐다. 어떻게 생겼는지 얼굴을 보고 싶다는 마음이 커지고 있었다.

"형님."

그렇게 얼마나 상념에 빠져 있었을까. 문밖에서 미친개의 목소리가 들려왔다.

"들어와."

적연의 말에 미친개가 방 안으로 들어왔다

"다녀왔습니다."

"그래, 좀 소득은 있었는가?"

적연의 물음에 미친개는 히죽 웃었다.

"제가 누굽니까? 저번에도 말씀드렸다시피 추적술의 귀재, 정보 수집의……."

"본론부터 말해."

"…예."

미친개는 뭐라 투덜거리다가 적연의 눈빛이 심상치 않음을 깨닫고 입을 열었다.

"일단은 한 명뿐입니다."

"한 명?"

"율무극이란 자입니다."

적연의 눈이 동그랗게 떠졌다.

"어디 있나?"

*   *   *

호남의 성도 장사성 동쪽 외곽 한쪽에 빈민촌이 자리 잡고 있었다.

"이곳인가?"

적연의 물음에 미친개가 고개를 끄덕였다.

"예."

"이런 곳에서 살고 있다고?"

"몸을 숨기기에는 이만한 곳이 없으니까요."

미친개는 잠시 주위를 두리번거리다 길가에 서 있는 노인에게 다가갔다.

"혹시 조각가 율씨 집이 어딘지 아십니까?"

"아… 율씨? 알지. 저 골목으로 들어가서 걷다가 두 번째 골목에서 왼쪽으로 틀면 제일 안쪽 집이오."

"감사합니다. 가시죠."

"그래."

적연은 고개를 끄덕이며 걸음을 옮겼다.

"이곳인가?"

노인이 일러준 대로 가자 다 허물어져 가는 판잣집이 두 사람의 발걸음을 멈추게 했다.

'이런 곳에서 살고 있을 줄은……'

적연이 눈살을 찌푸리자 미친개가 조심스럽게 다가가 판잣집 문을 두들겼다.

"계십니까?"

"…누구요?"

끼익.

잠시 후 문이 열리며 한 노인이 걸어나왔다. 두 사람은 눈을 끔벅였다.

"다리 한쪽이……."

"없네요?"

적연의 중얼거림을 미친개가 끝맺었다. 노인은 오른쪽 다리가 없었다. 오른 다리의 바짓단 밑으로 철로 된 봉이 삐져 나와 바닥을 딛고 있는 것이 그러했다.

"이보시오."

율무극은 눈살을 찌푸리며 불쾌하다는 기색을 보였다. 그럴 수밖에 없는 것이 면전에다 대고 신체적 결함을 중얼거리는데 기분이 좋을 리가 없었다.

미친개는 히죽 웃으며 입을 열었다.

"일검혈로 율무극. 맞습니까?"

꿈틀.

율무극의 미간이 한차례 움찔거렸다.

"너희들은 뭐냐?"

노골적인 살기가 뿜어져 나왔다. 적연은 팔짱을 끼며 율무극을 잠시 바라보다가 입을 열었다.

"내 이름은 적연. 아비의 이름은 적운이다."

"……!"

율무극의 눈이 크게 치켜떠졌다. 도저히 믿을 수가 없다는 표정이었다. 그러던 중 적연의 허리춤에 차인 적혈검을 발견했다.

"저, 적혈검?"

"알아보는군."

"적혈검은 놈들의 손에 넘어갔는데?"

"내가 받아왔다."

적연은 위압적인 어조로 말했다.

율무극의 눈에는 아직도 불신감이 가득 차 있었다. 적연은 어깨를 들썩이며 물었다.

"그러면 어떻게 증명을 해주어야 하나?"

"증명할 수 있는 것은 단 한 가지, 적룡반탄공뿐이지."

적연은 씨익 웃었다.

"그렇군. 그렇다면……."

파악!

적연이 채 말을 끝맺기도 전에 율무극이 몸을 훌쩍 띄우며 성한 왼발을 뻗었다. 하지만 결과는 적연의 예상대로였다.

파앙! 하는 소리와 함께 율무극이 반탄지기에 튕겨 나갔다. 율무극은 공중에서 한 바퀴를 돈 후 바닥에 내려섰다.

적연은 어색한 미소를 지었다.

"성격 한번 급하군."

"무례를 용서해 주십시오."

어느새 율무극은 고개를 푹 숙이며 진심으로 사죄를 표했다. 적연은 어깨를 으쓱이며 말했다.

"증명이 되었나?"

"되었습니다."

"그럼 잘되었군."

"제 몸이 성치 않아 무릎을 꿇을 수가 없습니다."

"그렇게까지 할 필요는 없다."

적연은 가볍게 율무극의 어깨를 두드려 주었다.

"…이 늙은이가 여태껏 목숨을 부지한 대가가 있군요."

율무극은 감격에 겨운 듯 목소리마저 떨리고 있었다.

"형님, 자리를 옮길까요?"

미친개의 물음에 적연은 고개를 끄덕이다가 율무극에게 시선을 주었다.

"아는 곳이 있는가?"

"제가 아는 곳이라고는 허름한 곳뿐입니다."

"상관없다."

세 사람은 천천히 걸음을 옮겼다.

율무극이 안내한 곳은 빈민촌 중앙에 위치한 허름한 객점이었다. 이용하는 손님의 수준 때문인지는 몰라도 음식이나 술의 질은 조악했다.

"이런 곳으로 모셔서 죄송합니다."

율무극은 어쩔 줄 몰라 하며 고개를 숙였다. 그러나 적연은 개의치 않는 표정이다.

"그것보다 몸은 어찌 된 거지?"

"적가가 무너질 때에 당한 겁니다."

그때의 기억이 떠오르는지 율무극의 얼굴에서 일순간 살기가 흘러나왔다.

"이 양팔은 심맥이 끊어져 일상생활에는 상관이 없지만…… 검을 쥘 수조차 없게 되어버렸죠."

적연은 그 모습을 바라보며 혀를 끌끌 찼다.

"그때의 일을 이야기해 줄 수 있겠는가?"

"예."

적가가 무너진 것은 그야말로 한순간이었다. 오대가신가문이 그야말로 갑자기 달려든 것이다.

"우리 적가의 가장 큰 문제는 그 수가 너무도 소수라는 것이었습니다."

적가는 무림맹 직속 수호대. 평소에는 무림맹주를 보호하며 위기 상황일 경우 은밀히 처리하는 일종의 해결사였다. 그야말로 그림자 단체로, 무림맹주를 비롯해 나머지 가신 가문의 가주나 몇몇 최고위층을 제외하고는 존재 자체도 모르는 가문이었다.

그러니 그 구성원도 극소수로 이루어졌을 수밖에 없었다.

"하지만 우리는 자신이 있었습니다. 그 수가 아무리 많다 한들 말이죠."

"그런데 어째서?"

"누군가 음식물에 독을 탔습니다."

적연의 눈썹이 꿈틀거렸다.

"가주님이나 저 같은 몇 명은 간신히 독기를 억누를 수 있었습니다만……."

뒷이야기는 듣지 않아도 뻔했다.

"그렇군."

적연은 무거운 침음성을 흘렸다. 왠지 좀 허무한 것 같은 느낌도 들었다.

고작 독에 당하다니.

"소가주께서 살아 계신 것을 보니 마님께서 무사히 도망치셨던 거로군요."

"그래. 운이 좋았다고 말씀하셨지."

"마님은?"

"얼마 전에 돌아가셨어."

율무극이 고개를 떨구며 한동안 침묵하다가 어렵사리 입을 열었다.

"…그렇습니까?"

"이제 남은 것은 소가주님과 저뿐이로군요."

그때 미친개가 끼어들었다.

"수룡왕은 살아 있습니다."

율무극은 눈을 동그랗게 떴다. 누구를 말하는 건지 모르겠다는 표정이었다.

"수룡왕?"

"이름이 허난경이라고 하던데?"

"경아가 살아 있나?"

미친개가 고개를 끄덕였다.

주륵.

율무극의 눈가에 눈물이 맺히더니 볼을 타고 흘러내렸다.

"살아 있었구나… 살아 있었어."

율무극은 한동안 중얼거림을 반복했다.

"경아와 나. 살아 있는 것은 우리 둘뿐이군요."

적연은 그 모습을 바라보다가 나지막한 목소리로 말문을 열었다.

"그렇지 않아."

"또 누군가가 있습니까?"

"적운. 그대의 가주도 살아 계시다."

"헉!"

율무극은 헛바람을 삼켰다. 크게 치켜떠진 눈은 경악으로 가득 차 있었다.

"살아 계십니까?"

적연은 묵묵히 고개를 끄덕였다.

"어디에 계십니까?"

"마굴."

"마굴……."

율무극도 마굴에 대해서는 들어본 적이 있었다. 한 번 들어간 이는 절대 나올 수 없다는 뇌옥.

"확실합니까?"

"형님을 못 믿는 겁니까?"

미친개가 눈살을 찌푸리며 핀잔을 주었다. 율무극은 벌떡 몸을 일으켰다.

"당장 뵈어야겠습니다."

적운이 살아 있다는 사실을 안 이상 그대로 있을 수는 없었다. 하지만 적연이 무겁게 고개를 내저었다.

"지금은 때가 아니야."

상황이 여의치가 않았다. 적운을 만나고 싶은 그의 마음이야 알겠지만 말이다.

율무극은 적연의 어조에서 무언가 낌새를 눈치 채고는 어조를 낮췄다.

"왜입니까?"

"나오길 원치 않으셨어."

적연은 마굴에서의 이야기를 해주었다. 율무극은 침통한 표정을 지으며 고개를 끄덕였다.

"확실히… 큰 풍파가 일 수도 있겠군요."

율무극은 침음성을 삼켰다. 서운하기는 했지만 살아 계신 것만으로도 마음 한편이 뿌듯해졌다.

율무극이 공손히 적연의 잔을 채워주었다.

"가문을 일으킬 생각이십니까?"

멈칫.

잔을 들던 적연의 움직임이 멈췄다.

가문을 일으키려는가?

"…그래야겠지."

적연은 나지막이 중얼거렸다. 이미 상황이 그렇게 되어버렸다. 오대가신가문에 자신의 정체를 드러낸 이상 싸울 수밖에 없다.

'빌어먹을!'

적연은 내심 욕설을 내뱉었다.

상관책의 얼굴이 떠올랐다. 왠지 모르게 그의 손바닥 위에서 놀아나고 있는 것 같은 기분이다.

적혈검도 비무대회도 모두 자신의 정체를 까발리기 위한 무대이지 않았는가.

하지만.

'한 가지 변수가 있다.'

그것도 엄청나게 큰.

'맹주는 아버지가 살아 계신 것을 몰라.'

적연은 피식 웃었다.

"…뒤집을 여지는 나에게도 있군."

생각 뒤에 나온 중얼거림에 율무극과 미친개가 동시에 고개를 갸웃거렸다.

적연은 율무극을 바라보았다.

"나와 함께하겠나?"

"함께하겠습니다."

"곧 부르겠다."

"예?"

율무극은 의아한 표정을 지었다. 같이 가는 것이 아니었나? 적연은 가볍게 고개를 내저으며 입을 열었다.

"싸울 수 있는 몸이 되었을 때 날 찾아와라."

율무극은 명을 받들었다. 지금의 상태로는 적연에게 있어서 아무런 도움이 되질 못할 테니까.

벌컥.

적연은 술을 들이켠 뒤 몸을 일으켰다.

"이만 돌아가자."

"예, 형님."

"몸을 잘 보중하도록."

"예, 소가주님."

율무극은 공손히 예를 취했다.

"형님."

"음?"

빈민촌을 나서 걷던 적연은 미친개의 부름에 고개를 돌렸다.

"저 영감 도움이 될까요?"

"도움이 된다."

"저 몸으로는 무리예요."

한쪽 다리가 없다. 더욱이 양팔의 심맥이 끊어져 검을 쥘 수도 없다 하지 않았던가. 무인으로서는 생명이 끝난 것이나 다름이 없었다.

그러나 적연은 피식 웃으며 율무극을 떠올렸다.

'그 기세.'

비록 몸이 불편하다고는 하나 그가 뿜어내는 기세는 범상치가 않았다.

분명 큰 도움이 될 것이다.

"후우."

적연은 한숨을 내쉬며 고개를 들었다.

한바탕 비가 쏟아지려는지 하늘이 어두침침했다.

第二十三章

약간의 깨달음

龍
劍風

율무극을 만나고 맹으로 돌아왔을 때 수룡왕에게 보냈던 지여선이 돌아와 있었다.

"수고했다. 수룡왕의 반응은 어떻던가?"

"당연히 놀라시죠. 설마 진짜 살아 계시리라고는 생각지 못한 모양이에요."

"그렇군."

적연은 고개를 끄덕였다. 확실히 그럴 수밖에 없으리라. 그녀 역시도 크게 기대는 안 했을 테니까.

"수고 많았어. 쉬도록 해."

"예."

지여선은 빙그레 미소를 지으며 처소로 돌아갔다. 적연은 흐트러진 머리를 매만지며 침상에 앉았다.

"후우."

똑똑.

"누구냐?"

"맹주전에서 왔습니다."

적연은 고개를 갸웃거렸다.

"이건 또 무슨 뜻입니까?"

적연의 물음에 상관책은 별것 아니라는 표정으로 입을 열었다.

"뭐긴 뭔가, 임무지."

"흐음."

상관책이 건네준 두루마리 안에는 임무에 관한 내용이 적혀있었다.

"음욕신마?"

상관책은 한쪽 눈을 찡긋하며 장난스런 어조로 입을 열었다.

"상당히 도발적인 별호 아닌가?"

"확실히 그렇군요. 색마입니까?"

"엄청난 녀석이지. 같은 남자로서 부러울 때도 있다네. 그 절륜한 정력."

찌릿.

"미안하네."

적연의 눈빛에 상관책이 머리를 긁적였다. 적연은 턱을 매만지다가 상관책에게 시선을 주었다.

　"저희 남오장에서 맡을 만한 성질의 것이 아닌 것 같습니다만?"

　기본적으로 남오장은 특수한 임무를 주로 맡는 곳이다. 색마를 잡아 족치는 것은 좀 맞지 않는 듯했다.

　"일단 잡아오도록 해."

　까라면 까야지. 적연은 한숨을 내쉬며 고개를 끄덕였다. 그러던 중 한 가지 생각을 해냈다.

　"한 가지 청이 있습니다."

　"무언가?"

　"저희 남오장은 인원이 두 명 부족하지 않습니까?"

　"그렇지?"

　"충당하겠습니다, 제 임의대로."

　상관책은 잠시 생각하다가 고개를 끄덕였다.

　"마음대로 하게. 아, 그리고."

　"예?"

　"이번 임무부터 날파리들이 좀 꼬일 수도 있을 걸세."

　적연은 고개를 갸웃거렸다.

*　　　*　　　*

　"적연이 임무를 받고 무한을 나갈 예정이오."

해월문의 말에 묵인풍이 입술을 꽉 깨물었다.

"빼돌렸군."

무한에 있으면 아무래도 가신 가문과 맞부딪칠 여지가 있으니 바깥으로 내보낸 것이 분명했다. 해월문은 이빨을 으득 갈았다.

"여우 같은 늙은이. 어쩔 거요?"

"은밀하게 없애 버립시다."

"하지만 제갈가와 검각의 자식들이 같이 있을 텐데?"

그들의 목표는 적연 하나다. 제갈여진과 임지령에게 해를 입혀서 좋을 것은 없다는 생각이었다.

묵인풍은 고개를 내저었다.

"우리의 흔적이 남지 않으면 그만 아니오?"

살수 조직에 의뢰를 맡기자는 뜻이었다. 그것이라면 좋다.

해월문은 고개를 끄덕였다.

"과연 그렇군."

그때 천룡회의 녹두자가 입을 열었다.

"확실히 짚고 넘어갈 것이 있소만?"

"음?"

다른 이들의 시선이 녹두자에게 쏠렸다. 녹두자는 심각한 표정으로 턱을 매만지다가 입을 열었다.

"의뢰비는……."

녹두자는 좌중을 쭉 살피며 손가락을 세고는.

"모두 다섯 사람이니까 정확히 오 등분하는 겁니다?"

"……."

*　　　*　　　*

"음욕신마?"

제갈여진은 별호를 듣기가 무섭게 몸을 부르르 떨었다. 남자인 임지령의 경우에는 노골적으로 불쾌감을 드러냈다.

"녀석은 완전 인간 말종입니다."

"그런가?"

적연은 턱을 매만지며 물었다. 임지령은 얼굴을 일그러트렸다.

"치마만 두르면 가리질 않는다고 하더군요. 악질 중에서도 최악질입니다."

"치마만 두르면?"

"예."

"무공 수위는 어때?"

"강합니다. 기교 면에서는 그저 그렇지만 내공이 엄청나지요."

"그럴 수밖에요. 매일 여자들의 음기를 빨아들인데요."

듣고 있던 제갈여진이 이를 으득 갈며 말을 거들었다. 그녀의 얼굴에는 '여자의 적!'이란 표정이 서려 있었다.

"내공이 엄청나다라는 뜻은 뭐지?"

적연의 물음에 임지령이 얼굴을 살짝 붉혔다.

"극락환희신공이라고…….."

"노골적이군."

임지령과 제갈여진이 동시에 얼굴을 붉혔다.

"심법 자체가 극양의 기운이라 음기를 취하면 취할수록 강대해지지요."

"그 말은?"

적연의 물음에 제갈여진이 앞으로 나섰다.

"제때 음기를 취하지 못하면 내공이 소멸되지요. 그게 극락환희신공의 단점이에요."

"나름대로 고충이 있군."

적연의 말에 제갈여진이 말도 안 된다는 표정이다.

"그런 놈은 이 세상에서 사라져야 해요!"

주먹을 부르르 떠는 폼이 더 이상 뭐라 말해서는 안 될 것 같다. 적연은 가볍게 숨을 고르며 몸을 돌렸다.

"가지."

"예."

"아, 그리고."

"예?"

"이번 기회에 두 명을 충당하기로 했어."

적연은 고개를 돌렸다. 그곳에는 미친개와 지여선이 서 있었다. 문제는 빗자루와 화단 정리용 가위를 들고 있다는 점이었지만.

"이제는 그거 필요없다."

"아……."

"예."

말이 끝나기가 무섭게 빗자루와 가위를 내던지는 두 사람이었다.

"미친개입니다."

"지여선이에요."

"각기 시종과 시녀로 발군의 활약을 펼쳐 왔지만 이제는 자랑스러운 남오장의 일원이다."

적연의 소개가 끝나자 미친개와 지여선이 어깨를 활짝 펴며 거만스러운 자세를 취했다.

"옷도 좀 갈아입고."

"…예."

"…예."

빗자루와 가위만 내던지면 뭐 하는가, 입고 있는 옷이 작업복인 것을.

무림맹을 나선 적연과 네 명은 일단 제일 마지막에 음욕신마가 출몰했던 하남의 낙양으로 가볼 생각이었다.

"그런데 형님, 아니, 장주님."

미친개는 평소처럼 적연에게 형님이라 불렀다가 황급히 호칭을 바꿨다. 이제는 그도 남오장의 일원이 되었기 때문이다.

적연은 눈살을 찌푸렸다.

"그냥 평소처럼 불러라."

"헤에? 그래도 돼요?"

적연은 묵묵히 고개를 끄덕였다. 미친개는 배시시 웃으며 은근한 어조로 말을 붙였다.

"어떻게 찾으시려고요?"

"이곳에 쓸 만한 정보 조직이 있나?"

"과연 그럴 생각이셨군요?"

미친개는 '역시 우리 형님이야!' 라는 표정으로 크게 고개를 끄덕였다.

"여선."

"예."

"의뢰할 만한 곳이 있나?"

"개방 정도가 있겠지만 걔네들은 좀 그렇고……."

"돈으로도 안 되나?"

"돈으로 되는 데는 하오문 정도겠지요?"

적연은 고개를 끄덕였다.

"하오문이란 곳은 어디 있지?"

순간 모든 이들이 적연을 바라보았다. '농담이시죠?' 란 얼굴이다. 적연은 고개를 갸웃거리며 의아한 표정을 지었다.

미친개가 황급히 끼어들었다.

"형님은 무림 정세에 어두우시다고."

그제야 지여선도 적연이 대막에서 왔음을 깨달았다.

"하오문은 웬만한 고을 정도면 어느 곳에나 지부가 있어요."

"그런 거였나?"

"그런 거랍니다."

지여선은 어깨를 으쓱이며 은근한 미소를 흘렸다. 그런 모습에 가만히 있던 임지령이 멍한 표정을 지었다. 하지만 그것도 잠시, 이내 고개를 푹 숙였다.

"그렇다는 이야기는 이 무한에도 있다는 뜻이로군."

적연의 물음에 지여선은 당연하다는 얼굴을 했다.

"이런 곳이라면 당연히 있지요."

"그럼 앞장서라."

"예."

지여선은 고개를 끄덕이며 앞서 나갔다.

그녀가 안내한 곳은 이른바 홍등가였다. 제갈여진은 얼굴을 붉히며 고개를 떨궜다. 그에 반해 임지령과 미친개는 이리저리 주위를 살피기에 바빴다.

"이런 곳 처음이에요?"

지여선의 물음에 미친개와 임지령이 당황스런 빛이다.

"순진들도 하셔라."

지여선이 피식 웃었고 두 남자는 고개를 떨궜다. 적연은 여유로운 표정으로 팔짱을 낀 채 물었다.

"하오문은 이런 곳에 있는 건가?"

"하오문이란 곳은 기녀나 도둑같이 제일 밑바닥 사람들이 모여서 만든 문파예요. 대개 이런 곳에 자리 잡고 있지요, 아,

저곳이에요."

지여선이 가리킨 곳은 취화정이란 기루였다. 삼층으로 이루어진 커다란 목조 건물이었는데 한눈에 보기에도 고급스럽기 이를 데 없었다.

안으로 들어가기가 무섭게 기녀들이 세 남정네에게 달려들었다.

우르르.

"어서 오세요, 공자님들!"

천 값이 얼마 들지 않았을 것 같은 복장을 한 기녀들이 분 냄새를 풀풀 풍기며 달려들자 미친개와 임지령의 얼굴은 그야말로 시뻘겋게 달아올랐다.

그때 지여선이 앞으로 나섰다.

"멈춰!"

우뚝.

"어머, 뭐니?"

"쟤 얼굴 좀 봐. 아주 떡칠을 해놨네?"

"저 수준이면 완전 변장이네?"

지여선의 얼굴을 들여다보며 가당치 않다는 표정으로 수군거리는 기녀들.

빠직.

지여선의 얼굴이 와락 일그러졌다.

"이것들이 보자 보자 하니까……."

"넌 물러서 있거라."

안 되겠다 싶었는지 적연이 지여선 앞으로 나섰다.

"칫!"

지여선은 마지못해 뒤로 물러섰다. 그 와중에 기녀들에게 눈빛을 쏴주는 것도 잊지 않았다.

적연은 기녀들을 쭉 둘러보다가 천천히 입을 열었다.

"여기가 하오문인가?"

"여긴 하오문이 아니라 취화정인데요?"

기녀들은 전혀 모르겠다는 표정으로 말했다. 그러면서도 적연의 팔에 은근슬쩍 엉겨붙으며 비음을 흘렸다.

"오신김에 놀다 가요, 공자님. 잘 해드릴게."

기녀들이 달라붙거나 말거나 적연은 고개를 홱 돌려 지여선을 바라보았다.

"하오문이 아니라잖는가?"

비틀.

네 사람이 휘청거렸다. 지여선은 답답하다는 표정으로 적연을 바라보며 말했다.

"적연님 바보죠?"

"……?"

지여선은 양손을 허리춤에 얹으며 쏘아붙이듯 말했다.

"그렇게 물어보면 당연히 아니라고 하지 누가 대놓고 여기가 하오문 지부라고 하겠어요."

"…그런 건가?"

"그런 거예요."

적연은 기녀들에게 시선을 주었다. 적연의 양팔에 매달린 기녀들이 초롱초롱한 눈망울로 말하고 있었다.

'안 놀고 가면 나쁜 사람!' 이라고.

적연은 안 되겠다 싶었는지 기세를 끌어올렸다.

"여기 지부장 어딨나?"

부르르.

순간 기녀들이 적연에게서 떨어지며 몸을 부르르 떨었다.

뚜벅.

적연은 한 걸음을 내디디며 차가운 어조를 내뱉었다.

"이곳이 하오문임을 알고 왔다. 의뢰할 것이 있으니 지부장을 불러라."

주춤.

적연의 기세에 눌린 기녀들이 뒷걸음질을 쳤다. 방금 전까지 고혹적인 미소를 흘리던 얼굴은 창백하게 질려 있었다.

그때 이층에서 한줄기 청아한 음성이 들려왔다.

"이제 그만 하시죠."

적연이 고개를 들어보니 한 여인이 계단에 서 있었다. 면사로 얼굴을 반쯤 가린 신비로운 분위기의 여성이었다.

"그분들을 이층으로 모셔라."

그녀는 몸을 홱 돌려 이층으로 올라갔다.

"공자님만 드십시오."

이층으로 올라가 면사여인의 방으로 들려는 순간 기녀들이 적연을 제외한 나머지 네 명을 제지했다.

"왜요?"

"우리는 왜 안 돼요?"

극렬히 반발한 것은 제갈여진과 지여선이었다. 적연은 가볍게 손을 내저었다.

"여기서 기다리고 있거라."

"하지만……."

"걱정할 필요 없어."

적연은 희미한 미소를 지었다. 그제야 제갈여진과 지여선은 고개를 끄덕이며 수긍했다.

"여우 같은 계집한테 홀리지 말아요!"

지여선은 마지막까지 자신의 의견을 피력하는 데 충실했다.

방으로 들어온 적연을 제일 처음 맞은 것은 콧가에 와 닿는 향기로운 꽃내음이었다.

"이리 와서 앉으시지요."

방 안에 놓인 의자에 단정히 앉아 있던 면사여인이 적연을 맞이했다.

척.

적연이 의자에 앉자 면사여인이 단정한 자세로 빈 찻잔에 차를 따라주었다.

"드시지요."

"고맙소."

적연은 따뜻한 차를 한 모금 마시며 면사여인을 차분히 뜯어보았다.

'아름답다.'

느낌부터 그러했다. 면사로 코와 입을 가렸지만 드러나 있는 큰 눈망울로도 면사여인이 빼어난 미인임을 예상할 수 있었다.

적연의 시선을 느꼈는지 면사여인이 살포시 눈웃음을 지었다.

"뭘 그렇게 보시는지요?"

"상당히 미인이구나 싶어서 말이오."

예상치 못한 노골적인 대답에 면사여인의 목소리가 살짝 떨렸다.

"짓궂으시군요."

"난 농담은 못하는 성격이외다."

"이름 높으신 적연님께 그런 말씀을 들으니 소녀의 기분도 나쁘지는 않군요."

꿈틀.

적연의 짙은 눈썹이 꿈틀거렸다.

"날 아는군?"

"알다마다요. 무림맹주님이 주체하신 비무대회의 승리자시니까요."

방심할 수 없는 여인이다. 이미 그녀는 적연의 존재를 알고 있었다.

"그렇다면 이야기를 나누기가 한결 수월해지겠군. 한 가지를 의뢰하러 왔소."

"말씀하시지요."

"음욕신마의 소재."

면사여인의 안색이 가볍게 일렁였다.

"음욕신마의 소재요?"

"그렇소."

적연은 품에서 가죽 주머니를 꺼내 면사여인에게 들이밀었다.

"의뢰금이오."

"성격이 급하시군요."

면사여인이 생긋 눈웃음을 지었다. 적연은 턱을 매만지며 물었다.

"알 수 있는 거요?"

"알 수 있습니다. 잠시만 기다려 보시지요."

면사여인은 바깥에 뭐라뭐라 지시를 내리고 돌아왔다.

"기다리시는 동안 차라도 한잔하시지요."

"그럽시다."

적연은 고개를 끄덕이며 차를 홀짝홀짝 마셨다. 그렇게 얼마나 지났을까.

문이 열리며 기녀 한 명이 두루마리를 들고 들어왔다.

안의 내용을 살핀 면사여인이 적연에게 시선을 주며 입을 열었다.

"현재 음욕신마는 하남의 개봉으로 가고 있다는 소식입니다. 운이 좋으셨어요. 방금 전에 들어왔거든요."

"개봉?"

적연은 벌떡 몸을 일으켰다.

"고맙소."

"공자님."

"무슨 일이오?"

"개봉 지부에 연락을 취해놓을 터이니 가셔서 방문하세요. 만약 다른 곳으로 이동했다면 알려줄 겁니다."

"고맙소."

적연은 가볍게 손을 흔들며 방을 나서다가 발걸음을 멈추고는 몸을 돌려 여인을 바라보았다.

"한 가지 깜박했군."

"예?"

"이름이 뭐요?"

"서희(瑞喜)라 불러주십시오."

면사여인, 서희는 빙그레 눈웃음을 지으며 적연에게 예를 올렸다.

문을 나서자 의자에 앉아 있던 네 사람이 몸을 일으켰다.

"개봉으로 가자."

적연이 계단을 내려갈 무렵이었다. 갑자기 미친개가 다급한 목소리로 물어왔다.

"형님! 긴히 물어볼 것이 있습니다."

미친개의 표정은 심각하기 그지없었다.

"뭐지?"

"형님, 어땠어요?"

적연은 눈을 끔벅였다.

"뭐가 말이더냐?"

"예쁘던가요?"

"……."

"이름이 뭐래요?"

빡!

"으이그, 이 화상아!"

결국 상황을 종료시킨 것은 지여선이었다.

*   *   *

"우리 혈사문은 좀 비쌉니다."

적의복면인은 천룡회의 녹두자를 바라보며 눈을 빛냈다.

"돈은 걱정 마시게. 임무를 완수하는 것이 중요한 것이니까."

적의복면인은 눈웃음을 지었다.

"그런 걱정일랑 마십시오. 본 문의 정예 살수들 사전엔 실패란 있을 수 없으니까요."

녹두자는 고개를 끄덕이다가 옆에 서 있는 나머지 가신 가문의 장로들을 바라보았다.

"맡겨봅시다."

모두들 고개를 끄덕이자 녹두자는 적의복면인에게 시선을 주었다.

"착수금으로 먼저 오백 냥을 주십시오. 그리고 임무가 완수되면 천 냥을 주시면 됩니다."

"오백 냥."

녹두자는 고개를 끄덕이며 품에서 백 냥을 꺼냈다.

"모두들 준비해 오셨소?"

녹두자를 제외한 네 명이 고개를 끄덕였다.

오백 냥의 착수금을 받아 든 적의복면인이 가볍게 예를 취했다.

"맡겨주십시오. 꼭 없애 드리겠습니다."

*   *   *

적연 일행은 막 호북을 지나 하남에 들어섰다.

"오늘은 이쯤에서 쉬고 가자."

어느새 날이 어두워지고 있었다. 적연의 말에 네 명은 고개를 끄덕이며 노숙 준비를 하기 시작했다.

미친개와 임지령은 땔감을 주우러 갔고, 두 여인은 식사 준비를 했다.

이윽고 노숙 준비가 끝나고 지여선은 쪼그리고 앉아 고기를 굽는 등 분주히 움직였다.

"저기… 장주님."

한편에 앉아 있던 적연이 고개를 들었다. 임지령이 머리를 긁적이다가 조심스럽게 입을 열었다.

"무슨 일인가?"

"드릴 말씀이 있습니다."

"여기서는 좀 곤란한가?"

"예."

적연은 고개를 끄덕이며 몸을 일으켰다.

저벅. 저벅.

어두워진 길을 걷던 적연이 무리들과 떨어진 것을 확인하고는 입을 열었다.

"무슨 일인가?"

"제 검 때문입니다."

"검?"

적연의 시선이 임지령의 허리춤에 차인 검 쪽으로 향했다. 맹에 있을 때 한 번 대련해 본 적이 있다.

"얼마 전 수룡왕을 잡으러 갔을 때에 일입니다."

수룡왕과 마주쳤을 때의 일을 더듬어보았다. 당시 임지령은 살인 한 번 해보지 않은 풋내기였다.

"검에 내맡겨 버려요!"

그때 해월령의 한마디가 임지령에게는 분수령이 된 셈이다.

"맹에서 장주님과 대련을 했을 때도 그랬지요. 검에 제 정신을 내맡겼을 때……."

"흐음."

적연은 침음성을 흘렸다. 분명 그때의 임지령은 다른 사람과도 같았다.

'마치 검에 혼령을 빼앗긴 검귀.'

적연의 생각과 동시에 임지령의 말이 이어졌다.

"이상한 것은 그때마다 정신이 끊어진다는 겁니다."

"정신이 끊어져?"

"예. 검에 내맡겼을 때는 아무런 기억이 나질 않아요."

적연은 고개를 끄덕이다가 손을 내밀었다.

"자네의 검을 한 번 쥐어볼 수 있겠나?"

"예?"

임지령이 눈을 크게 치켜떴다. 무사에게 검은 생명과도 같은 것이었다. 특히 임지령은 검을 신성시하는 검각의 자제. 남에게 건네준다는 것은 꿈에서도 생각해 보지 않았다.

"그, 그렇지만."

"다른 뜻은 없어. 단지 나도 그때 좀 이상했었거든."

적연의 말에 잠시 고심하던 임지령이 무겁게 고개를 끄덕이곤 검을 건네주었다.

처억.

적연은 임지령의 검을 받아 들고 들어보았다.

매우 가벼운 검이었다. 균형감도 알맞았고 검날 역시 매우 잘 벼려진 상태였다.

언뜻 보기에도 상당한 보검이다.

적연은 가볍게 위에서 아래로 내리그었다.

피잉!

임지령의 검이 공기를 갈랐다. 하지만 별다른 느낌은 없었다. 그때와 같은 농도 짙은 살기가 말이다.

"나는 잘 모르겠군."

"그렇습니까?"

혹시나 하는 마음에 기대감을 품었던 임지령이 시무룩한 표정을 지었다.

"하지만 그때 나도 느꼈어, 그 살기의 발원지를."

"예?"

"네가 아닌 검이었지."

"그렇습니까?"

"그것도 나쁘지 않지 않나?"

"무슨 소리십니까?"

적연은 팔짱을 끼며 천천히 입을 열었다.

"네 심성은 검을 잡기에 유약한 것이 사실이야. 차라리 검에 모든 책임을 전가하는 것도 좋겠지."

"……."

"지금까지 네 손으로 몇 명이나 죽였지?"

"그, 그건……."

임지령이 기억하는 것은 단 한 명이었다. 수룡왕의 수채에서 어쩌다 보니 행한 것 말이다.

"네 온전한 정신으로 행한 것."

"한 명입니다."

"죽어가던 놈의 얼굴이 아직도 기억에 또렷이 남아 있나?"

"…예."

"그렇다면 검에 내맡겨. 검을 놓으라 말한다 한들 들을 녀석도 아니니까."

임지령은 고개를 떨궜다.

"식사하세요!"

때마침 저 멀리서 식사 준비가 끝났음을 알리는 지여선의 목소리가 들려왔다.

적연은 임지령을 돌아보지도 않은 채 뚜벅뚜벅 걸어갔다.

적연은 눈을 떴다.

아직까지 모든 이들이 잠들어 있었다. 적연은 몸을 일으켜 옷을 추슬렀다. 새벽 공기가 차가웠다.

"후우……."

호흡을 내뱉자 입김이 나왔다. 춥기는 하지만 대막만큼은 아니다.

사막의 낮은 뜨겁지만 밤은 살을 에일 듯 춥다.

주위를 둘러보니 모두들 피곤에 찌든 얼굴로 잠들어 있었고 모닥불만이 힘겹게 타고 있었다.

적연은 땔감을 모닥불에 던져 넣고 천천히 걸음을 옮겼다.

"형님?"

기척을 느꼈는지 미친개가 눈을 게슴츠레 떴다. 적연은 손가락을 입가에 가져가며 조용히 하라는 표시를 했다.

"더 자라."

"…예."

미친개가 다시금 눈을 감으며 잠들었다.

적연은 천천히 걸음을 옮겼다. 이윽고 모두들 자고 있는 곳에서 떨어졌을 무렵 발걸음을 멈추고 고개를 들었다.

먹구름에 달빛이 가려져 있었다.

"대막에서 떠나올 때도 이랬지."

적연은 희미한 미소를 지었다.

"반년이 훨씬 넘었군."

대막에서 떠나온 지도 말이다.

생각해 보면 그동안 많은 일들이 있었다. 해월령을 만났고, 무림맹에 들어오게 되었으며, 여러 사람들과 만났다.

왠지 감상에 젖는 것 같다. 적연은 가볍게 입술을 물었다.

"…쓸데없는."

이럴려고 여기까지 걸어온 것이 아니었다. 적연은 지그시 눈을 감으며 의식을 집중시켰다.

그 톡톡거리는 기운을 느껴보기 위함이었다.

'음?'

하지만 기운이 느껴지지 않았다. 아니, 정확하게 말하자면 기운의 느낌이 바뀌었다.

톡톡거리며 전신을 자극하던 느낌 대신 빛에 휩싸인 듯 따사롭게 변모한 것이다.

'그렇다면?'

적연은 예전에 하던 대로 승법에 따라 천천히 호흡을 고르며 대자연을 하나의 빛으로 강하게 의념했다.

쒜엑!

순간 그 빛이 백회를 향해 내리꽂혀 각 입구를 통과해 내려가 회음으로 빠져나갔다. 적연은 기운을 유통시킨 다음 신경을 이완시키고 빛을 받아들이며 잠시 동안 쉬었다.

그렇게 계속해서 받아들이는 행위를 반복했다.

'바뀌었다, 분명히.'

좁던 통로는 거듭된 수련으로 인해 조금씩 넓어졌다. 처음에는 실과 같이 얇던 것이 지금 손가락 마디 하나만큼 넓어졌다.

그리고 또 한 가지. 예전에는 톡톡거리는 방전 현상이 몸 이곳저곳에서 날뛰었지만 이번에는 몸은 물론 통로를 따사롭게 감싸주었다.

기운을 받아들이고 운기시키니 몸도 한층 가벼워진 것 같았다.

'어디 보자.'

승법에는 그 외에도 여러 가지 구절이 적혀 있었는데 그중 하나가 기운을 물질에 자유로이 담을 수 있다는 것이었다.

'그것은 가능하다.'

예전 톡톡거리는 방전 현상이 있었을 때 광명좌사에게 옮기는 것이 가능했기 때문이다.

적연은 검을 쥐고 따뜻한 빛을 검 쪽으로 흘러보냈다.

그렇게 얼마나 지났을까.

우웅!

검이 떨렸다.

된다! 검에 기운이 담겨졌다.

적연은 그대로 검을 휘둘렀다.

"역시 무리인가?"

소위 무림인들이 말하는 검기 같은 것은 쏘아져 나가지 않았다. 적연은 입술을 꽉 깨물었다.

상심하지는 않기로 했다, 아직 익숙지 않아서일 테니까.

"음?"

순간 적연이 눈을 동그랗게 치켜뜨며 주위를 살폈다.

'뭐지?'

몸을 자극해 오는 기분 나쁜 느낌. 적연은 이것을 그 누구보다 잘 알고 있었다.

매우 미약하기는 하지만 적연의 예리한 오감이 위험 신호를 보내오고 있었다. 하지만 왜일까. 왠지 조급한 느낌이 들지 않는다.

차분하다. 마치 언제나 겪었던 일상인 양 말이다.

"이번 임무부터 날파리들이 좀 꼬일 걸세."

음욕신마를 잡아오란 임무를 내릴 때 무림맹주가 한 말이 생각났다. 적연의 입가에 차가운 미소가 걸렸다.

"날파리들인가?"

그렇다면 날파리들은 누구인가?

그때는 잘 이해하지 못했지만 지금은 알 수 있었다.

"가신 가문의 놈들이 보낸 것이로군."

조금만 생각해 보면 알 수 있었다. 그들이 적연을 가만히 내버려 둘 리가 없지 않은가.

적연의 입가에 희미한 미소가 머금어졌다.

"과연 그렇군."

그렇다면 적연이 해야 할 일은 무엇인가? 별것없다. 건드리는 놈은 없애 버린다.

"그래… 그게 나답지."

적연은 오감을 최대한으로 개방해 주위를 살폈다.

"몇 명이지?"

쉽게 산출되었다. 적은 다섯 명이다. 그렇다면 놈들의 강함은?

"별것 아니군."

그래. 불과 얼마 전의 적연이었다면 애를 먹었을 수도 있겠지만 이제는 아니다. 놈들은 정말로 별것 아니었다.

어른이 아이의 손목을 꺾는 것처럼 현재의 적연에게는 손쉬운 일일 뿐이다.

"나와라."

쏴아아!

대답은 없다. 당연한 일이다.

"훗."

그렇다면야.

"내가 가야지."

적연의 시선이 향한 곳은 길가 옆에 크게 들어서 있는 나무.

쾅!

적연의 다리가 나무 기둥을 후려쳤다.

으적! 빠직빠직!

다리가 기둥에 틀어박히며 푹 파였다. 그 충격으로 인해 으스러진 나무 부스러기가 허공으로 튀었다.

우우웅!

나무 기둥이 진동하기 시작했다. 커다란 밑기둥은 별 움직임이 없다. 하지만 윗부분은 다르다. 점점 가늘어지기 때문이다.

얇은 나뭇가지가 가녀리게 파닥거리고 나뭇잎이 격하게 떨렸다.

쏴아아!

적연의 주위로 빨갛게 단풍이 진 나뭇가지들이 떨어져 내렸다.

빨간가? 그렇다.

아직 해가 어두운 새벽녘이지만 적연의 눈에는 똑똑히 그 색깔이 보였다.

'기이한 일이군.'

어째서일까.

"내 알 바 아니야. 지금 중요한 것은."

파바박!

낙하하는 나뭇잎과 함께 다섯 명의 적의복면인이 적연의 주위로 떨어져 내렸다.

콰앙!

아니, 한 명은 땅바닥에 발을 딛지도 못한 채 적연의 발에 맞아 나가떨어졌다.

쿵! 데굴데굴.

바닥에 처박힌 적의복면인은 땅바닥에서 한참을 구른 후에야 멈췄다. 움직임은 없다.

적연의 귀가 까닥여졌다. 그의 주위로 공기의 뿜어짐이 느껴지지 않는다. 볼 것도 없다. 이미 숨이 끊어졌다.

적연은 차가운 눈매를 번들거리며 말을 끝맺었다.

"너희들을 죽여 버리는 거야."

살려둘 생각은 애초부터 하지 않는다. 놈들이 노리는 목표와 의뢰자가 명확하기 때문이다.

"와라."

타다닥!

상당히 잘 조련된 녀석들이다. 동료가 죽었음에도 전혀 동요를 보이지 않는 눈빛으로 알 수 있었다.

네 명만이 남은 적의복면인들은 적연의 주위를 빙글빙글 돌왔다. 꼬나 쥐고 있는 검날은 적연이 방심하는 순간 사방에서 찔러 들어올 것이다.

적연은 슬며시 눈동자를 굴리다가 멈칫했다.

파바바박!

순간 적의복면인이 검을 휘둘러왔다.

'훗.'

적연이 노렸던 것은 바로 이 순간이었다. 그렇기에 일부러 허점을 준 것이기도 하고.

'아무리 완벽한 합격술이라 하더라도 사람인 이상 미세한 차이는 있다.'

끼이잉!

적연의 눈에 핏발이 섰다.

휘이이이이.

눈에 보이지도 않을 정도로 빠르게 휘둘러져 오던 검의 궤적이 순간적으로 느려졌다.

적연은 정면에서 목을 노리고 휘둘러져 들어오는 느린 검을 향해 팔을 들었다. 날카로운 검날에 비해서는 연약한 살이다.

보통이라면 팔이 두 동강 날 것이 뻔하겠지만.

따앙!

커다란 소리와 함께 적의복면인의 검이 적연의 팔목에 채 닿지도 못한 채 튕겨져 나갔다.

적연의 몸을 두르고 있던 반탄지기가 복면인의 검을 방어해 낸 것이다. 적의복면인의 검은 내공을 담고 있었다.

적연은 차가운 미소를 흘리며 휘청이는 녀석에게 다가가 일권을 날렸다.

퍽! 우적! 하는 소리와 함께 적연의 주먹이 적의복면인의 복부를 관통해 반대편으로 빠져나왔다.

"허어억!"

적의복면인의 눈이 치켜떠지며 입을 가리고 있던 복면이 피로 젖어들었다.

찍! 찌익!

허리 뒤를 뚫고 나온 적연의 주먹은 시뻘겋게 물들어 있었다.

적연은 거칠게 발로 적의복면인을 밀어 팔을 빼냈다.

텅!!

적연의 상체가 앞으로 흔들거렸다. 등에서 느껴진 둔탁한 반탄지기 때문이었다.

스윽.

적연은 느릿하게 몸을 일으켜 고개를 돌렸다.

귀찮다는 표정의 적연에 비해 검으로 찔렀다가 튕겨난 사내의 눈에는 경악이 담겨 있었다.

으적!

적연의 손바닥이 적의복면인 볼따귀에 작렬했다. 하지만 소리는 뺨을 때릴 때의 짝 소리가 아니었다.

콰당!

바닥에 떨어진 뒤 힘없이 늘어진 적의복면인의 얼굴은 완전히 찌그러진 상태였다.

"후우."

적연은 가볍게 숨을 몰아쉬며 눈동자를 부라렸다. 다섯 중 남은 것은 두 명뿐이다.

주춤.

살아남은 적의복면인은 서로의 눈치를 보다가 몸을 앞으로 숙였다. 궁신탄영을 이용해 뒤로 순식간에 빠지려는 모습이었다.

"내가 아까도 말했지만……."

어느새 적연이 두 사람 사이에 서 있었다.

'빠르다!'

두 적의복면인의 눈이 크게 치켜떠졌다.

적연은 아무런 감정이 묻어 나오지 않는 표정으로 손을 들어 두 적의복면인의 머리통을 움켜쥐었다.

매우 느릿한 움직임이었다. 하지만 적의복면인은 피하지 못했다. 움직일 수가 없었다는 표현이 맞으리라.

"죽여 버린다고 했어."

까득. 까드득!

적연의 양 손아귀에 힘이 들어가며 적의복면인들의 머리가 오그라들기 시작했다. 그리고 얼마 지나지 않아 와작! 하는 소리와 함께 머리가 터져 버렸다.

두개골이 으스러지고 안구가 파열되어 진득한 액체가 적연의 손을 잔뜩 적셨다.

털썩.

뼈가 으스러져 얼굴이 쪼글쪼글해진 적의복면인들이 바닥에 허물어지듯 쓰러졌다.

"후우."

적연은 잠시 그 모습을 바라보고 있었다.

"하하……."

자조적인 웃음소리가 벌려진 입에서 흘러나왔다.

약하다. 이 녀석들은 너무 약하다.

"인간의 몸이란 이토록 약해빠진 것이로군."

적연은 쪼그리고 앉아 죽은 다섯 구의 시신을 바라보았다.

제일 먼저 죽은 녀석은 가슴뼈가 완전히 함몰되어 있었다. 입으로 피거품을 게워내는 것을 보니 내부가 완전히 파열되었으리라.

두 번째 놈은 복부가 뚫려 반대편이 훤히 보였고, 세 번째 녀석은 얼굴의 반쪽이 함몰되었다. 네 번째와 다섯 번째는 얼굴이 터져 쪼글쪼글했다.

"흐음……."

적연은 심각한 표정으로 상처 하나하나를 바라보다가 자신의 두 손을 들어보았다.

양손은 뇌수와 피로 벌겋게 물들어 있었다. 지그시 눈을 감고 내부의 기운을 살폈다. 따스한 기운이 여전히 몸 전체를 내리쬐 주고 있었다.

이 싸움에서 얻은 가장 큰 소득은 따로 있었다. 그것은 바로

이 힘을 쓰는 법을 약간이나마 깨달았다는 점이다.

또 한 가지.

"강하다."

아버지에게서 받은 이 힘이 강하다는 것 또한 깨달았다.

"후우."

적연은 한숨을 내쉰 후 시체들을 치웠다.

다음날 아침, 일어난 네 사람은 적연이 새벽에 무슨 일을 겪었는지 꿈에도 상상하지 못했다.

第二十四章

음욕신마, 그리고 기습

龍
劍風

"이건 말도 안 돼."

혈사문의 문주는 믿을 수 없다는 표정으로 고개를 내저었다.

"이미 서른 명이나 희생되었습니다."

총관이 식은땀을 닦으며 중얼거렸다.

"크윽……."

혈사문주는 입술을 꽉 깨물었다.

처음에는 그저 별다를 것이 없는 임무인 줄 알았다. 첫 번째 조가 처참한 시신으로 발견되었을 때는 분노했지만 그럴 수도 있으리라 생각했다.

그러나 두 번째 조마저 당했다. 살아남은 이 또한 없다.

분노한 혈사문주는 스무 명의 대인원을 조직해 적연을 쳤다.

결과는 이번에도 마찬가지였다.

"어떻게 단 한 명도 살아 돌아오지 못할 수가 있느냔 말이야!"

혈사문주가 버럭 소리를 질렀다.

*　　　　*　　　　*

개봉.

전국 시대의 위(魏)나라를 비롯해 오대의 양(梁), 북송(北宋), 금(金) 등 여러 왕조의 도읍이었던 유서 깊은 도시로 중국 육대 고도(六大古都)의 하나이다.

"긴 여행이었어요."

미친개가 개봉성으로 들어서며 감개무량한 표정을 지었다. 그것은 나머지 세 명도 마찬가지였다.

무한을 떠나고 한 달여 만에 개봉에 도착했기 때문이리라.

그간 별 탈 없는 여행이었다. 덕분에 더욱 지루한 것이었겠지만.

적연은 그들을 바라보며 희미한 미소를 지었다.

이들은 아직도 모르고 있었다, 그간 세 차례에 걸친 살수들의 습격이 있었음을 말이다.

"하오문 지부부터 가봐야겠군."

적연의 말에 모든 이들이 고개를 끄덕였다. 피곤하기는 하지만 음욕신마의 행방을 찾는 것이 먼저였다.

"가는 것은 나 혼자야. 너희들은 저곳에서 숙소를 잡고 쉬도록 해."

적연이 가리킨 곳은 월명객점이란 곳이었다.

미친개는 잠시 고개를 갸웃거리다가 적연에게 바짝 다가섰다.

"설마 혼자 노실려는 것은 아니겠지요?"

"…쓸데없는 소리."

적연이 눈살을 찌푸리자 미친개는 머쓱한 표정을 지으며 머리를 긁적이다가 다른 이들을 이끌고 적연이 지정해 준 객점으로 갔다.

"후우."

홀로 남게 된 적연이 걸음을 옮겼다.

하오문의 개봉 지부를 찾는 것은 어렵지 않았다. 무한 지부장인 서희에게 들었기 때문이다.

역시나 홍등가에 위치하고 있었는데 이번에는 홍선루란 곳이었다.

"여긴가?"

적연이 홍선루 안으로 걸어 들어갔다.

"어서 오십시오."

안으로 들어가자 말끔한 복장을 한 점소이가 적연을 맞이했다. 적연은 무뚝뚝한 어조로 입을 열었다.

"하오문의 개봉 지부지?"

"무슨 말씀이신지?"

"무한 지부장이 연락을 취해뒀을 텐데?"

점소이의 눈썹이 꿈틀거렸다. 그때 도발적인 외모를 가진 여인이 이쪽으로 다가왔다.

"적연님이신가요?"

"그렇소."

"이리 오시지요."

적연은 고개를 끄덕이며 여인의 뒤를 따랐다.

삼층으로 올라온 적연은 맨 구석에 위치한 방으로 안내되어졌다. 그 안에는 무한에서 만난 서희와 마찬가지로 면사를 쓴 여인이 단정히 앉아 적연을 맞이했다.

"차는 어떠신가요?"

"되었소. 그대가 개봉 지부장인가?"

"설란이라고 합니다."

면사여인 설란은 가볍게 눈웃음을 지으며 적연에게 예를 취했다.

"본론부터 말하겠소. 음욕신마는 개봉에 있소?"

"현재 개봉에 있습니다. 이틀 전에 도착했지요."

적연의 표정이 활짝 펴졌다. 다행히 헛걸음은 피했기 때문이다.

"어디 있소?"

"여기 있습니다. 이틀 전부터 머물렀지요."

벌떡.

적연이 몸을 일으켰다.

"어쩌려고 그러시는지요?"

"잡을 거요."

설란의 표정이 차가워졌다.

"이곳은 제 영업장입니다. 소란스러워지는 것을 원치 않아요."

"그럼 끌고 나가지."

적연은 간단하게 말하며 문 쪽으로 걸어나갔다. 순간 설란이 문 앞을 막아섰다.

"비키시오."

"비키지 못하겠습니다."

적연은 한숨을 내쉬었다.

"그대의 뜻은 알겠소."

적연은 어깨를 으쓱였다. 설란은 아직 경계를 풀지 않은 표정이다.

"이곳에서는 절대 안 됩니다."

"약속하지."

적연의 약속을 받아내고서야 설란이 옆으로 비켜섰다. 적연은 문을 열고 나갔다.

"그가 머무는 곳은 어디요?"

"이층 좌측 끝 방입니다."

"흐음."

잠시 생각에 빠져들었다. 이곳에 피해를 입히지 않는 방법은 음욕신마를 끌어내는 것밖에 없다. 그러자면 미끼가 필요하고 음욕신마의 흥미를 끌 만한 것은…….

"여자군."

그 수밖에 없다.

"제가요?"

지여선은 눈을 끔벅이며 적연을 바라보았다. 돌아오더니 하는 말이 미끼가 되어달라는 것이었다.

"녀석을 끌어내려면 그 수밖에 없어."

옆에서 듣고 있던 제갈여진이 눈을 흘겨 떴다.

"그럴 수는 없어요."

음욕신마를 끌어내기 위해 지여선을 이용한다는 것을 받아들일 수가 없었다. 더욱이 상대는 희대의 색마가 아니던가.

적연은 물끄러미 제갈여진을 바라보았다. 그녀의 반응은 당연한 것이었다.

"해보죠 뭐."

하지만 뜻밖에도 지여선이 선선히 고개를 끄덕였다. 제갈여진과 임지령이 놀란 표정을 지었다.

지여선은 어깨를 으쓱이며 대수롭지 않다는 표정으로 말했다.

"상관없어요, 난."

"위험할 수도 있어요."

제갈여진이 말렸지만 지여선은 배시시 미소를 지을 뿐이었다.

"바깥으로 끌어내기만 하면 되죠?"

"그래."

"언제 실행할까요?"

"지금 바로."

"알았어요. 저도 준비하죠. 모두들 나가주세요."

세 남정네가 동시에 고개를 갸웃거렸다. 지여선은 눈살을 찌푸렸다.

"화장하고 옷 갈아입을 거예요."

달칵.

남자 셋이 문을 닫고 밖으로 나갔다. 방 안에 남게 된 제갈여진은 여전히 걱정스러운 얼굴이다.

"어째서 수락한 건가요?"

"랄랄랄. 이 옷 한 번 꼭 입어보고 싶었는데 잘됐다. 조금 야하려나?"

"…단지 그 이유 때문이었나요?"

"이런 때가 아니면 언제 입어보겠어요."

"…그런 옷을 챙겨온 당신의 정신 상태가 수상해."

마치 기다렸다는 듯 꺼내니 말이다.

한 시진 후.

일층에서 음식을 먹던 적연 일행은 주변이 갑자기 조용해진 것을 깨달았다.

또각. 또각.

그리고 들려오는 발걸음 소리에 고개를 돌렸다.

"와아!"

미친개가 자기도 모르게 감탄성을 터뜨렸다. 화려한 외모의 미인이 계단을 걸어 내려오고 있었다.

새하얀 얼굴과 도톰한 입술, 그리고 커다란 눈망울까지, 누가 보더라도 눈이 휘둥그레질 만한 미인이었다. 하지만 가장 눈길을 잡아끄는 것은 발걸음을 옮길 적마다 옆으로 트인 치맛자락 사이로 드러나는 매끈한 다리였다.

꿀꺽.

술잔을 들고 있던 손님 한 명이 침을 꼴깍 삼켰다.

"훗."

여인은 싱긋 미소를 지으며 사내를 지나 적연이 있는 쪽으로 다가왔다. 미친개는 눈을 동그랗게 떴다.

"너… 너……?"

"나 예쁘지?"

여인, 지여선은 장난스러운 미소를 지으며 그 자리에서 몸을 한 바퀴 빙그르르 돌렸다.

임지령이 넋 나간 얼굴로 고개를 크게 끄덕였다.

"무척 아름다우십니다."

"고마워요."

지여선은 빙그레 미소를 짓다가 미친개에게 시선을 주었다.

"이 지여선님의 미를 마음껏 찬양하렴."

"너……"

"왜?"

미친개는 식은땀을 닦아내며 말했다.

"…화장빨 무섭다. 못 알아봤어."

퍽!

홍선루에 들어선 지여선은 사람들의 안내를 받아 음욕신마가 머물고 있다는 이층의 방 앞으로 다가갔다.

"우하하하!"

방 안에서는 커다란 웃음소리와 함께 악기 소리가 흘러나왔다. 지여선은 가볍게 숨을 고르고는 방문을 두들겼다.

"들어가도 되겠습니까?"

"들어와라."

음욕신마의 허락이 떨어지자 지여선이 안으로 들어갔다.

'저자가 음욕신마인가?'

음욕신마는 사십대 중반의 사내였다.

'미중년이네.'

생긴 것 하나는 미끈했다. 반백의 수염과 주름없이 팽팽한 얼굴은 도저히 색마라고는 느껴지지 않을 정도였다.

그러나 방 안에 흐르는 이 질펀한 느낌은 그가 왜 음욕신마인지를 알려주고 있었다.

"음?"

취기가 오른 듯 게슴츠레하던 음욕신마의 눈이 지여선을 보자마자 동그랗게 치켜떠졌다.

"오! 이곳에 이런 미인이 있었더냐?"

"수련이라 하옵니다."

지여선은 다소곳하게 인사를 올렸다.

음욕신마는 오른쪽에 앉아 있던 여인을 밀쳐 빈자리를 만들었다.

"이리 오거라."

"싫사옵니다."

"뭣?"

음욕신마는 눈을 끔벅였다. 지여선은 옆에 놓인 피리를 들며 고혹적인 미소를 지었다.

"전 기녀가 아니라 악사이옵니다."

기녀가 아닌 악사란 말에 음욕신마의 얼굴에 서운한 표정이 지어졌다. 하지만 그것도 잠시였다.

'호오… 튕기는 맛이 제법인걸? 일단 두고 보자.'

뜻대로 되지 않는다고 억압하면 안 된다. 조금씩, 그리고 서서히 녹이면 곧 넘어올 것이라 생각한 음욕신마가 짐짓 점잖게 입을 열었다.

"네 솜씨를 한번 보자꾸나."

"예."

지여선은 다소곳하게 대답한 뒤 피리를 입에 댔다.

삐리리.

이윽고 맑고 청명한 피리 소리가 방 안을 울렸다.

"으음……."

음욕신마는 눈을 지그시 감은 채 음률을 음미했다.

그렇게 얼마나 시간이 지났을까. 피리 소리가 멈췄다. 곡이 끝난 것이다. 음욕신마가 미소를 지었다.

"멋지구나."

"감사하옵니다."

지여선은 살포시 미소를 지으며 고개를 숙이더니 몸을 일으켰다. 갑작스러운 상황에 음욕신마가 당황했다.

"어딜 가려 하느냐?"

"소녀는 이만 물러가 보겠사옵니다."

"어허, 벌써?"

음욕신마는 마음이 급해졌다. 그러나 지여선은 한 치의 망설임도 없이 문을 나섰다.

황망한 표정으로 자리에 앉아 있던 음욕신마가 입술을 꽉 깨물었다.

정말 오랜만에 마음에 든 여인이었다.

'어떻게든 널 취하고 말리라.'

다급한 마음에 음욕신마가 문을 박차고 나왔다.

"기다려라!"

일층으로 내려온 지여선이 홍선루를 나서고 있었다.

"잠깐 거기 섯거라."

탕!

음욕신마가 가볍게 난간을 박차고 일층으로 뛰어내려 와 막 문을 나서는 지여선의 뒤를 따랐다.

멈칫.

바깥으로 나온 음욕신마의 발걸음이 멈췄다. 한 명의 사내 가 눈에 들어왔기 때문이다.

지여선은 사내의 뒤에 서 있었다. 얼마 전까지의 다소곳하 던 얼굴은 온데간데없이 '옳지! 걸려들었어!' 란 표정이다.

음욕신마는 무언가 잘못되었음을 깨달았다.

"네가 음욕신마인가?"

"넌 뭐냐?"

적연은 어깨를 으쓱였다.

"널 잡으러 왔다."

"날?"

스슥.

순간 양옆에서 미친개와 임지령이 모습을 드러냈다. 음욕신 마는 피식 웃었다.

"날 잡는다라?"

그리고는 적연의 뒤에서 빠꼼히 얼굴을 내밀고 있는 지여선 을 바라보았다.

"네 이름이 뭐지?"

"지여선."

"지여선이라… 이름은 확실히 기억해 두었다."

퉁!

순간 음욕신마가 몸을 날렸다.

"치잇!"

도망칠 줄은 몰랐다.

적연은 입술을 꽉 깨물며 음욕신마를 쫓았다. 미친개와 임지령 역시 마찬가지였다.

"이제 내 임무는 끝난 거지?"

지여선은 가볍게 한숨을 내쉬더니 쫄래쫄래 처소로 돌아갔다.

"젠장, 멀어진다."

적연은 맹렬하게 도망치는 음욕신마를 따르며 욕설을 내뱉었다.

음욕신마의 경공은 그야말로 엄청났다.

'뭔가 방법이 없을까?'

고심하던 중 한 가지 사실을 깨달았다. 얼마 전 싸웠던 배화교의 그자.

'일월이라고 했었지?'

고통을 느끼지 못하는 자를 찾기 위해 맹에서 산까지 달렸을 때를 말이다.

그때는 다급한 마음에 몰랐지만 지금 와서 생각해 보니 가깝지 않은 거리임에도 불구하고 단시간 내에 도착했다.

'경공이 아니면 불가능하다.'

그렇다면 나온 결론은?

'난 경공을 쓸 수 있어.'

문제는 어떻게 쓰느냐는 것이다.

'시도해 볼까?'

적연은 기운을 다리 쪽으로 집중시켜 보냈다. 조금씩 따뜻한 빛과 같은 기운이 적연의 의지에 따라 모였다.

'음?'

적연의 눈이 동그랗게 떠졌다. 기운이 발바닥 쪽으로 모이더니 응축되기 시작했다.

퉁!

발을 내딛는 순간 적연은 앞으로 쭉 치고 나갔다.

'된다!'

적연은 이 힘을 이용하는 방법을 또 한 가지 깨달을 수 있었다.

퉁!

적연은 미소를 지으며 음욕신마를 뒤쫓는 데 박차를 가했다. 서서히 둘 간의 거리가 좁혀졌다.

"끈질긴 놈!"

음욕신마는 바짝 붙어 뒤따라오는 적연을 힐끗 바라보며 욕설을 내뱉었다. 처음에는 여유롭게 거리가 벌어졌지만 어느 순간부터 급격하게 좁혀지고 있었다.

이러다가는 잡힐 것 같다.

음욕신마는 내력을 끌어올리며 경공에 더욱 박차를 가했다.

파바박!

어느새 저잣거리를 지나고 숲으로 들어섰다. 개봉 성내에 위치한 자그만 산이었다.

더 이상 도망칠 수는 없었다.

척!

음욕신마가 걸음을 멈췄다.

"무의미한 싸움은 피하고자 했으나 어쩔 수 없구나."

적연이 피식 웃었다.

"그래?"

음욕신마는 자세를 취하며 적연을 바라보았다.

"덤벼라."

"싸우는 것은 내가 아니다."

적연은 힐끗 고개를 돌렸다. 그제야 도착해 숨을 헐떡이고 있는 임지령이 보였다.

"내가 나서라."

"예?"

갑작스런 적연의 말에 임지령이 어안이 벙벙한 표정을 지었다.

"저 말씀이십니까?"

"그래."

"노, 농담이시죠?"

임지령은 말도 안 된다는 표정이다. 음욕신마가 누구던가? 색마란 오명에 가리워지기는 했지만 엄청난 내공으로 이름난

일류고수다.

"난 농담 같은 것은 하지 않아."

적연은 임지령의 어깨를 두들겼다.

"이번 싸움에서는 내가 허락할 때까지 검에 내맡길 생각은 하지 마."

"그, 그렇지만 그러면……."

"멋대로 한계를 긋지 마."

"……."

"네가 가진 힘을 믿어봐. 그리고 한계를 뛰어넘어라. 언제까지 검에 의지할 수 있다고 생각하나?"

임지령이 뭐라 대꾸할 새도 없이 자신이 할 말만을 끝내고 적연이 뒤로 물러섰다.

음욕신마와 임지령이 마주 대치한 형상이 된 것이다.

"형님."

미친개가 적연을 바라보았다. 이해가 가지 않는다는 표정이었다. 적연은 히죽 웃었다.

"분명 전에는 검에 내맡기라 말했었지만 생각이 바뀌었어."

적연은 임지령을 바라보았다.

"한 번 보고 싶다."

"예?"

"몰리고 몰려서 더 이상 물러날 곳이 없어졌을 때의 녀석을 말이야."

적연은 뒷짐을 진 채 차분하게 임지령의 뒷모습을 주시했다.

"애송이, 네가 날 상대하겠다고?"

음욕신마의 어조는 노기를 담고 있었다. 적연에게 무시당한 것 같은 굴욕감을 맛보았기 때문이다.

"크윽!"

임지령은 침음성을 삼키며 검을 치켜들었다. 몸이 떨리고 있었다. 무림에서도 이름난 고수와는 처음으로 검을 마주한 것이다.

"건방진! 감히 나와 검을 섞겠다는 것이냐!"

음욕신마가 대노하며 임지령에게 달려들었다.

콰광!

일시에 내력을 끌어올린 음욕신마가 임지령에게 검을 휘둘렀다.

타다닥!

임지령의 몸이 들썩이며 뒤로 쭉 밀려났다.

"허억! 허억!"

어느새 호흡은 거칠어졌고 동공은 커다랗게 확장되었다. 안색마저 파리해진 것이 호흡을 놓쳤다.

음욕신마는 쉴 새 없이 몰아붙였고 임지령은 막기에 급급했다.

"약하군! 약해! 네놈은 너무도 약하다!"

창! 차장! 따다다당!

공격을 막을 때마다 임지령의 검이 세차게 흔들렸다.

'고작 막기에 급급하다니. 제기랄! 제기랄!'

임지령은 입술을 꽉 깨물었다.

'이토록 무력하다니.'

어떻게 막고 있는지 아무런 생각이 나질 않았다. 자신을 이렇게 내몬 적연이 원망스러웠다.

순간 임지령의 눈빛이 흔들렸다.

빠드득.

'내가 이렇게 치졸하다니.'

잠시나마 자신의 못남을 남에게 떠넘기려 한 자신을 용서할 수가 없었다.

"우아아!"

임지령이 고함인지 비명인지 모를 고성을 터뜨리며 반격을 시작했다.

"아……."

미친개는 눈을 동그랗게 떴다.

"보이세요?"

"그래."

"울고 있어요."

임지령은 닭똥 같은 눈물을 뚝뚝 흘리며 검을 휘두르고 있었다.

'이놈 봐라?'

음욕신마는 내심 놀라고 있었다. 처음에는 아무런 저항도 못한 채 밀리기만 하던 녀석의 발악이라고 생각했다.

하지만 갑자기 상황이 급변했다. 무디던 공세가 점점 예리해지더니 이제 와서는 음욕신마가 조금씩 밀리기 시작했다.

순수한 검술의 기교 면에서는 임지령이 훨씬 위였다.

'하지만!'

내공은 음욕신마가 압도적으로 강하다.

"후웁!"

찰나의 순간 호흡을 들이켠 음욕신마가 검에 내공을 담았다.

우웅!

검이 울며 부르르 떨렸다. 순간 음욕신마의 검이 공기를 찢어발기며 임지령의 검을 후려쳤다. 아니, 후려쳤다고 생각했다.

끼릭!

검과 검이 마주 닿기 직전 임지령이 검날을 기묘하게 틀더니 절묘하게 빼내 찔러 들어갔다.

피웅!

"헉!"

음욕신마의 눈이 크게 치켜떠졌다.

사각.

임지령의 검이 음욕신마의 팔 부위의 옷을 스치고 지나갔다. 벌어진 옷 사이로 드러난 살에서 피가 흘러나왔다.

뿌드득!

음욕신마는 이를 으득 갈며 임지령을 노려보았다.

"죽여주……."

"우와아아!"

챙! 촤장!

"이야기 좀 하자!"

음욕신마가 바락 소리를 지르며 항변했지만 임지령은 대꾸도 없이 고함을 지르며 공세를 취하기 바빴다.

그 모습을 보고 있던 적연이 크게 외쳤다.

"흥분은 그만 해! 그래서는 이길 수 없다!"

순간 임지령의 눈이 부릅떠졌다. 그제야 온전히 정신이 돌아왔다.

"아……!"

"가슴은 뜨거워도 머리는 항상 차가워야 한다!"

"가슴은 뜨겁되 냉철함을 유지하거라. 그것이 무인이다."

참 상황도 절묘하다. 임지령은 자신의 아버지가 매번 했던 말을 적연에게서도 들을 줄은 몰랐다.

스륵.

힘이 잔뜩 들어갔던 근육이 천천히 이완되었다.

무식하게 마구잡이로 공격을 한다 한들 음욕신마를 이기기는 힘들다. 누가 보더라도 지금의 상황에서 강한 것은 그다. 하지만 상처를 입힌 것은 임지령이었다.

"네가 지금 할 수 있는 것을 해."

'내가 지금 할 수 있는 것?

손에 쥐어진 검이 보였다.

임지령의 눈매가 차분하게 가라앉았다. 신기한 일이다. 치솟았던 열기가 가라앉더니 머리 한편이 차분해졌다.

꽉.

임지령은 입술을 꼭 깨물고는 음욕신마와의 거리를 쟀다.

'이놈, 범상치 않다.'

음욕신마 역시 아까의 경시하던 마음을 접었다.

적연은 두 사람 사이에 흐르는 긴장감을 살피다가 입을 열었다.

"이제 되었다. 검에 내맡겨. 그러나 검을 휘두르는 것은 결국 네 자신임을 잊지 마!"

'결국은 내 자신이 검을 휘두르는 것이다.'

적연의 외침이 임지령의 가슴 한편을 울렸다.

"예!"

임지령은 검을 꽉 움켜쥐었다.

후우웅!

"음?"

음욕신마의 몸이 한차례 움찔거렸다.

'이건 뭐지?

갑작스런 한기가 엄습해 왔다.

'아니야. 이것은 그냥 한기가 아니다!'

음욕신마의 시선이 임지령에게 박혔다.

우웅! 우웅!

"검이 울고 있어?"

믿을 수 없다는 표정이다.

"어떻게 저런 애송이가 검명을……."

투학!

음욕신마의 말은 끝맺어지지 못했다. 고개를 떨구고 있던 임지령의 검이 번뜩이는 순간 검을 치켜세우며 방어했기 때문이다.

찌릿! 찌릿!

'엄청난 쾌검. 거기에다가 강검이다!'

가까스로 막기는 했지만 팔 전체가 울리는 것 같았다.

음욕신마는 놀란 얼굴로 임지령을 바라보았다. 서슬 퍼런 안광이 그를 훑고 있었다.

"네 이놈!"

한순간이나마 자신이 움츠러들었다는 것을 믿을 수가 없었다. 하지만 감정에 치우치지는 않았다. 임지령과 마찬가지로 음욕신마도 적연의 말에서 무언가 깨달은 바가 있었기 때문이다.

'내가 할 수 있는 최선의 것이 무엇인가.'

냉정하게 따져서 검술의 기교에 있어서는 임지령에게 따라가지 못한다. 하지만 한 가지 압도적인 것은 있다. 바로 내공이다.

음욕신마가 그동안 무림에서 고수로 인정받았던 것은 심후

한 내공 때문이었다.

'기술적인 부분은 필요없다. 압도적인 힘으로 부수어 버린다!'

후우우!

내력을 있는 대로 끌어올린 음욕신마가 임지령을 경계하며 천천히 옆걸음질을 쳤다.

쏴아아!

때마침 바람이 불어왔고 그것이 전투의 시작이었다.

피잉!

투학!

촤장!

검과 검이 맞부딪치며 불꽃이 튀겼다. 그 순간 임지령이 아까와 같이 손목을 기묘하게 틀더니 음욕신마의 검날을 타고 쳐올렸다.

가가각!

"웃!"

음욕신마가 헛바람을 삼키며 뒤로 물러섰다. 그와 동시에 날카로운 검날이 예기를 뿌리며 허공으로 치솟았다.

꿀껙.

조금만 늦었으면 얼굴이 반으로 갈라졌을 거란 생각에 등골이 오싹해졌다.

빠드득.

그와 동시에 찾아온 감정은 분노였다. 어째서 자신이 이렇게까지 밀리는가.

우웅! 우웅!

음욕신마는 검을 쥐지 않은 손을 허리 뒤로 당겼다가 뻗었다.

터엉!

묵직한 타격음과 함께 임지령의 몸이 뒤로 쭉 밀렸다.

'제길!'

제대로 적중되지 못했다. 찰나의 순간 임지령이 몸을 틀어서 충격을 최소화시킨 것이다.

비틀.

하지만 아예 충격을 받지 않은 것은 아니었다.

"쿨럭!"

기침 소리가 심상치 않았다. 약간이지만 내상을 입은 임지령의 표정은 더욱 차갑고 음습해졌다.

우웅! 우웅!

검이 우는 소리가 더욱 커졌다.

"흐으읍!"

임지령이 숨을 들이마시고 입을 막았다. 양 볼이 부풀어 오르며 머리 뒤로 넘어가 있던 검이 앞으로 뻗어 나왔다.

순간 음욕신마는 눈앞이 환해짐을 느꼈다.

'검기?'

생각과 몸의 반응이 동시에 이루어졌다.

파박!

있는 힘껏 땅을 박차며 뒤로 물러섰다. 그리고 환하던 빛이 조금씩 멀어지며 형상이 보였다.

검에 맺혀 있던 빛이 반원형을 그리며 음욕신마를 향해 쏘아져 오고 있었다.

'검명(劍鳴)도 모자라 이제는 검기(劍氣)? 빌어먹을!'

순식간에 뒤로 십 장을 물러선 음욕신마가 땅을 발로 내리찍었다.

으적! 하는 소리와 함께 음욕신마가 디딘 반경의 땅이 갈라지더니 흙이 폭발하듯 위로 솟구쳤다.

서걱!

허공으로 치솟았던 흙이 수평으로 베이며 검기가 뚫고 나왔다. 음욕신마는 몸을 웅크리며 피했다가 발을 딛고 공중으로 치솟았다.

저 밑으로 임지령의 모습이 보였다.

피이잉!

마치 위로 뛸 줄 알았다는 듯 허공을 향해 검을 휘두르는 임지령이었다. 또다시 하얀 검기가 음욕신마를 향해 날아들었다.

부아앙!

음욕신마가 재빨리 쌍장을 출수했다.

콰직! 쿠웅!

음욕신마와 임지령의 중간에서 폭발음과 함께 섬광이 번쩍였다. 그 폭발의 충격파로 인해 임지령의 몸이 뒤로 쭉 밀려났다가 바닥에 떨어졌다.

척!

음욕신마는 안정된 자세로 착지한 후 다시 한 번 땅을 박차고 임지령에게 달려들었다. 어디서 검기가 날아들지 모른다. 이럴 때에는 최대한 접근해 근접전을 펼쳐야 한다. 원거리에서는 음욕신마가 절대로 불리하다.

파바박!

눈 한 번 깜박할 사이에 임지령의 곁으로 파고든 음욕신마가 일권을 날렸다. 임지령이 검을 들어 검 자루 끝으로 음욕신마의 주먹을 찍었다. 긴 검을 뽑아 휘두를 간격이 아니었기 때문이다.

까득!

"억!"

음욕신마가 비명성을 토해내며 뒤로 물러섰다.

"크으윽……."

주먹 뼈가 으스러졌다. 움푹 파인 손등이 급격히 부어올랐고 고통은 점점 극심해졌다.

'이대로는 무리다.'

음욕신마의 눈에서 짙은 살기가 뿜어져 나왔다.

"빨리 끝내줘야겠군."

빠직. 빠직.

음욕신마의 몸 전체에서 아지랑이가 피어나기 시작했다.

"이, 이건?"

미친개가 범상치 않다는 표정으로 중얼거렸다.

"덥군."

적연은 이마에 솟은 땀을 닦아내며 음욕신마에게 시선을 주었다. 이 열기의 발원지는 바로 그였다.

"극락 뭐시긴가 하는 것이로군요."

미친개의 중얼거림에 적연이 고개를 끄덕였다.

음욕신마는 극락환회신공을 운기해 몸을 극양지체로 전환하고 있었다. 열기는 점점 더 뜨거워져 가고 있었다.

미친개의 이마에서는 쉴 새 없이 땀이 솟았다.

"하악! 하악!"

미친개의 안색이 급격하게 파리해졌다. 뜨거운 열기로 주변의 공기가 산화해 호흡하기가 힘들었기 때문이다. 그뿐만이 아니었다.

치이익!

갑자기 들려오는 소리와 함께 타는 듯한 냄새에 적연이 눈살을 찌푸리며 발바닥을 들었다.

신발의 밑바닥이 녹고 있었다. 그 말인즉슨 주변의 공기만이 아닌 대지의 열기마저 급격히 올라가고 있다는 소리였다.

'좋지 않다.'

적연은 임지령을 바라보았다. 그 역시 미친개와 마찬가지로 호흡에 문제를 느끼고 있었다.

'어쩔 수 없군.'

이만하면 임지령이 생각 이상으로 잘해주었다. 이제는 적연이 나설 때였다.

'단번에 끝내 버린다.'

적연이 주먹을 쥐며 자세를 취할 무렵이었다.

"음?"

스으윽.

임지령이 검을 검집 안으로 밀어 넣더니 몸을 최대한 웅크렸다. 그리고 검 자루에 손을 가져갔다.

'발검?'

아직 포기하지 않았던 것이다. 누가 뭐라 하던 간에 임지령은 싸움을 계속하려 하고 있었다.

"훗."

적연은 미소를 지으며 공격 자세를 풀었다. 다시금 관전자의 입장이 된 것이다.

"몰리고 몰리다가 더 이상 물러날 곳이 없다는 것은 이런 상황을 말씀하신 거였나요?"

미친개의 물음에 적연이 고개를 끄덕였다.

"어떻게 되는지는 두고 봐야 하겠지?"

처음 임지령을 내몰면서 미친개에게 그랬었다, 더 이상 물러설 곳이 없을 때의 임지령을 보고 싶다고.

바로 지금이었다.

바직.

임지령은 발 앞쪽을 땅바닥에 비비며 꾸욱 눌렀다. 일순간 치고 나갈 때의 지지대 역할을 해줄 것이다.

마치 뛰기 전의 개구리가 몸을 움츠리듯 임지령의 몸이 일순간 동그랗게 말렸다. 손끝은 검 자루에 닿을랑 말랑 미묘한 간격을 유지한 채였다.

"우우우!"

그때 한차례 내공을 담은 음성이 터져 나오며 음욕신마의 몸 주위에서 시퍼런 불꽃이 일렁이기 시작했다. 드디어 극양지체가 된 것이다.

"죽어라!"

음욕신마가 크게 외치며 쌍장을 펼쳤다. 그가 자랑하는 최후의 절초 마화쌍장(魔火雙掌)이었다.

일반적으로 불은 시뻘겋다. 하지만 그것은 낮은 온도일 뿐이다.

가장 뜨거운 불꽃은 시퍼렇다. 음욕신마의 마화쌍장이 바로 그러했다.

콰아아!

손바닥 모양의 시퍼런 불꽃이 임지령에게 들이닥쳤다.

번뜩!

순간 임지령의 안광이 번뜩이며 딛고 있던 땅을 박차고 앞으로 나갔다. 그와 함께 손이 검 자루를 쥐었다.

스팟!

빛이 번쩍이더니 쌍장이 허공에서 반으로 갈렸다.

"뭣이!"

그와 동시에 음욕신마가 비명처럼 소리를 내질렀다. 음욕신마 최후의 절초가 검에 베인 것이다. 그러나 그것이 끝이 아니었다.

음욕신마의 눈에 비친 것은 허공에 떠오른 두 개의 손이었다.

'뭐야? 뭐가 어떻게 된 거야?'

지금의 상황을 이해할 수가 없었다. 하지만 뒤이어 눈앞에 보이는 시뻘건 액체가 왈칵 치솟아오르는 순간 깨달았다.

"으아악!"

양손을 잃은 음욕신마가 찢어질 듯한 비명성을 지르며 그대로 바닥에 주저앉았다.

싸움이 끝난 것이다.

*   *   *

그리고 그 시각.

마굴 안에 앉아 눈을 감고 있던 적운이 몸을 일으켰다.

"뭐지?"

굴 위로 희미한 빛이 보였다.

'설마 연이가?'

아들인 적연이 돌아왔을 수도 있겠다라고 생각했다. 왠지 마음이 설레였다. 적운은 고개를 쳐든 채 통로 위를 바라보고 있었다.

휘이이!

적운의 설레임과는 달리 무언가 시커먼 구슬 수십 개가 저 위에서 떨어져 내려오고 있었다.

"음?"

후두두둑! 데구루루.

시커먼 구슬들은 뼈 무덤 위로 떨어지더니 바닥으로 굴러 떨어졌다. 적운은 고개를 갸웃거렸다.

순간 코를 찌르는 화약 냄새!

"…벽력탄?"

적운의 표정이 일그러졌다.

콰앙!

第二十五章

움직임

龍
劍風

덜컹! 덜컹!

"으으윽!"

우마차를 개조해 만든 수레가 두 필의 말에 의지해 내달리고 있었다.

마부석에는 미친개가 앉아 있었고 수레에는 적연과 임지령, 제갈여진과 지여선이 앉아 있었다. 마지막으로 수레 구석에는 온몸을 포박당한 음욕신마가 연신 신음성을 흘리고 있었다.

"빌어먹을! 곱게 좀 몰아!"

덜컹거리는 흔들림을 참지 못한 음욕신마가 버럭 소리를 질렀다.

빡!

들고 있던 적연이 검집으로 음욕신마의 대가리를 내려쳤다.

"쓰아압!"

음욕신마는 고통스러운 신음성을 토해내며 수레에서 데굴데굴 굴렀다. 적연은 지그시 눈을 감으며 말했다.

"입 닥치고 있어."

"크으으!"

원통스러운 표정이었지만 어쩔 수 없이 침음성을 삼키는 음욕신마였다.

적연은 혀를 끌끌 차다가 임지령에게 시선을 주었다.

"어떤가?"

"예? 뭐라 말씀하신 겁니까?"

저번의 싸움 이후로 임지령은 얼떨떨한 상태였다.

"기분이 어떠냐는 것이지."

"좋습니다. 나쁘지 않아요."

임지령은 어색한 미소를 지었다. 적연은 피식 웃었다.

"내가 원망스러웠나?"

"아……!"

분명 한때 그런 생각을 한 것도 사실이었다. 임지령은 얼굴을 붉히며 고개를 떨궜다.

"죄송합니다."

"죄송할 것 없어. 누구라도 그럴 테니까."

적연은 당연하다는 어조로 말하고는 눈을 지그시 감았다. 고개를 떨구고 있던 임지령이 슬며시 눈을 위로 뜨며 적연을 바라보았다.

'하지만 지금은 감사드리는 마음뿐입니다.'

임지령은 빙그레 미소를 지었다.

그때 음욕신마가 적연을 바라보며 물었다.

"한 가지 물어볼 것이 있어."

"뭐지?"

적연이 한쪽 눈을 슬그머니 뜨며 음욕신마를 보았다.

"나는 저 애송이를 키워주기 위한 발판이었던 건가?"

"굳이 따지자면 그런 셈이지."

"허어!"

음욕신마는 허탈한 음성을 토해냈다.

"배짱이 좋은 건가? 아니면 무모한 건가?"

적연은 희미한 미소를 지었다.

"둘 다."

음욕신마는 질렸다는 표정으로 고개를 설레설레 내저었다.

그리고 한 켠에 앉아 있는 지여선을 바라보았다.

"뭘 봐, 이 변태 색마 자식아!"

빠각!

"쓰아압!"

그리고 그날 저녁.

"으으음… 효령아."

음욕신마는 꿈속에서도 분탕질을 하고 있었다.

다른 이들은 모두 잠들어 있었지만 적연은 그렇지가 못했다.

아니, 잘 수가 없었다.

"왜지?"

며칠 전부터 그랬다. 왠지 자꾸 가슴 한편이 세차게 뛰고 불안하다. 적연이 여태껏 살아오며 경험한 바에 의하면 뭔가 나쁜 일이 생겼을 때 그러했다.

문제는 이런 예감이 잘 맞는다는 점이었다.

'뭘까? 이 불안감은?'

적연은 가슴을 움켜쥐며 세차게 뛰는 심장을 진정시키기 위해 애썼다. 그때였다.

스스스!

적연의 눈이 차가워졌다. 저 멀리서 희미하게나마 느껴진 살기 때문이었다.

"또 온 건가?"

적연은 천천히 몸을 일으켜 걸음을 옮겼다.

여태까지와 마찬가지로 이들이 모르도록 처리할 셈이었다. 오대가신가문이 노리는 것은 오직 적연이었으니까.

*　　　*　　　*

"말도 안 돼."

혈사문은 믿을 수 없다는 표정으로 고개를 세차게 내저었다.

"이럴 수는 없다."

"사십 명 전원 사망입니다."

"실패는 있을 수 없다. 보내라! 일급 살수들만 골라서……."

"현재 본 문에 잔존해 있는 인원이 아홉 명뿐입니다."

총관의 말에 혈사문주가 그 자리에 주저앉았다.

"그리고 이것을……."

총관은 부들부들 떨리는 손으로 서신을 꺼내 혈사문주에게 건넸다. 혈사문주는 재빨리 서신을 펴 안의 내용을 살폈다.

"으아악!"

혈사문주는 발악적으로 서신을 내던지더니 양손으로 머리를 감싸 쥐었다.

더 이상 날 건드리지 말라.

혈사문 자체가 사라지고 싶지 않다면 말이야.

혈사문주를 바라보는 총관의 표정 역시 공포에 질려 있었다.

*　　*　　*

무림맹에 돌아온 적연은 맹주의 앞에 음욕신마를 꿇어앉혔다.

"수고했네."

"예."

상관책의 말에 적연은 가볍게 예를 취했다.

"역시 자네는 내 기대를 저버리지 않는군."

"그렇습니까?"

"며칠은 편히 쉬도록 하게."

"이만 물러가겠습니다."

적연은 포권을 한 뒤 몸을 돌렸다. 상관책은 희미한 미소를 지으며 입을 열었다.

"그래… 날파리들은 좀 꼬였는가?"

멈칫.

적연은 발걸음을 멈추고는 힐끗 고개를 돌렸다. 넉살맞은 상관책의 얼굴이 보였다. 적연은 어깨를 으쓱였다.

"꼬이기는 했지만 결국에는 날파리가 아닙니까?"

아무런 위해도 가하지 못했다는 의미였다. 상관책은 그럴 줄 알았다는 표정으로 고개를 끄덕였다.

"후후… 그렇군."

"가보겠습니다."

적연은 문을 열고 나와 걸음을 옮겼다. 때마침 저 멀리서 악주묵가의 묵인풍이 걸어오고 있었다.

"음……?"

묵인풍은 마주 걸어오는 적연을 발견하고는 한차례 어깨를 떨었다. 하지만 얼굴에는 적개심이 가득 들어차 있었다.

적연에게 엉망으로 당한 손자, 묵초풍은 아직도 병상에 누워 있었기 때문이다.

적연의 입가에 희미한 미소를 번졌다. 그는 짐짓 묵인풍에게 예를 취했다. 물론 얼굴에는 의미심장한 미소를 유지한 채였다.

"좀 제대로 된 녀석들을 보내실 줄 알았습니다만?"

"크흠⋯⋯!"

"돈 좀 더 쓰세요. 제대로 된 녀석들은 훨씬 비싸다더군요."

부르르.

묵인풍의 주먹이 부르르 떨리고 있었다. 그는 거친 발걸음으로 적연을 지나쳤다.

적연은 빠르게 멀어져 가는 묵인풍의 뒷모습을 바라보다가 멈췄던 걸음을 옮겼다.

우뚝.

그렇게 얼마나 걸었을까. 묵인풍이 걸음을 멈추고 뒤를 돌아보았다. 어느새 적연은 시야에서 사라져 있었다.

"너야말로 놀랄 준비나 하거라."

묵인풍은 씹어 내뱉듯 말했다.

적연은 꿈에도 모르고 있을 것이다. 마굴이 무너졌다는 사실을 말이다.

"사실을 알았을 때의 네 표정이 눈앞에 선하구나. 큭!"

묵인풍의 입가에 음흉한 미소가 감돌았다.

그 시각 무림맹 지하에 위치한 뇌옥 안에서는 상관책이 음욕신마를 심문하고 있었다.

"자네는 알고 있다 들었네."

"……?"

상관책의 물음에 음욕신마는 고개를 갸웃거렸다. 첫 마디가 넌 알고 있다 들었다, 라고 물으면 누가 '아, 그거 말씀이십니까?' 라고 대답하겠는가.

"얼마 전 무림맹에서 낭인촌 한 곳을 친 적이 있었지. 그들은 하나의 물건을 배화교로 배달하는 임무를 가지고 있었네. 하지만 막상 보니 목갑 안은 비어 있었다. 희생양이었던 셈이지."

음욕신마는 히죽 웃었다.

"무슨 말씀이신지 도통 감을 못 잡겠습니다그려?"

상관책의 표정이 살짝 굳어졌다.

"상황 파악이 안 되는가 본데?"

그의 말이 끝나기가 무섭게 몇 명의 사람들이 음욕신마에게 다가왔다.

"으아악!"

음욕신마의 비명 소리가 뇌옥 안에서 쉴 새 없이 메아리쳐졌다.

현재 그의 몰골은 얼마 전과는 비교도 할 수 없을 만치 참혹했다. 온몸은 상처투성이가 되었고, 바닥은 고문으로 인해 튄 피로 더럽혀졌다.

상관책은 여유롭게 의자에 앉아 차를 마시며 음욕신마의 비명 소리를 음미하고 있었다.

"어때, 이제 좀 말할 생각이 드는가?"

"으아악!"

"아직 들지 않는가 보군."

상관책은 다시금 찻잔을 들다가 안이 비었음을 깨달았다.

"누가 가서 차 좀 새로 받아와."

"복명!"

고문을 하던 한 사람이 황급히 다가와 다기를 받아 들려 했다.

"잠시."

"하명하십시오!"

"손 잘 닦고 받아가게. 비싼 다기야, 얼룩지면 안 돼."

"복명!"

무사가 황급히 깨끗한 물에 손을 닦고는 다기를 받아 들고 뇌옥 바깥으로 나갔다.

상관책은 음욕신마를 바라보며 다시금 물었다.

"말하겠는가?"

"말할 것 같아? 아아악!"

악에 받친 음욕신마의 외침에 상관책이 눈살을 찌푸렸다.

"상처에 소금 좀 뿌려보지?"

"복명!"

촤락!

"으아악!"

상처가 난 부위에 소금이 뿌려지자 이제는 아예 입에 거품을 무는 음욕신마였다.

때마침 차를 받으러 갔던 무사가 왔다.

"오오! 받아왔나?"

"예!"

"수고했네."

상관책은 아이처럼 미소를 지으며 차를 따라 홀짝홀짝 마셨다. 그렇게 얼마나 지났을까.

여전히 기대했던 대답은 나오지 않자 상관책은 노한 표정을 지었다.

"저 녀석 바지 벗겨."

"복명!"

누구의 명인데 군말이 있을 수 있겠는가. 무사들이 음욕신마의 바지를 훌렁 벗겨 버렸다.

"속곳도 벗겨."

속곳마저 벗겨지자 음욕신마의 물건이 드러났다. 상관책은 휘파람을 불었다.

"크군. 역시 색마다워."

순간 음욕신마의 눈이 부릅떠졌다. 뱀처럼 가는 상관책의 눈에서 의중을 알아챈 탓이었다.

"아, 안 돼!"

"잘라 버려."

"으아악! 안 돼! 안 돼!"

무사가 벽에 걸려 있던 박도를 꺼내 들었다. 얼마나 피를 먹었는지 날이 불그스름했다.

차가운 날의 감촉이 음욕신마의 물건에 살짝 닿았다.

"말하겠소! 말하겠소!"

"모른다고 하지 않았나?"

"알고 있소! 내가 다 알고 있소!"

음욕신마의 외침은 필사적이었다. 상관책은 박도를 든 무사에게 눈짓을 했다.

무사가 박도를 바닥으로 내려놓았다. 그제야 거세게 들썩이던 음욕신마의 몸이 축 늘어졌다.

상관책은 손바닥으로 턱을 괴었다.

"말하게."

"가, 강시 제조서입니다!"

"강시? 그 정도는 알고 있네."

상관책은 눈살을 찌푸리며 말했다. 지금은 파검소의 기주인 해월령이 몇 달 전 임무 수행차 배화교에 잠입했었다. 그때의 임무가 강시 제조에 관한 소문을 확인하기 위한 것이었다.

"하지만 낭설이었지."

그런 흔적은 없었기도 하거니와 강시는 별다른 위협이 되질 못한다. 세간에 알려진 것과는 달리 말이다.

강시란 죽은 시체를 이용해 만드는 것이다. 관절이 굳어 행동에 제약이 많고, 속도도 느리며 생각도 할 수 없는 인형에 불과하다.

"결국 이번에도 헛걸음만 쳤어. 끌끌."

상관책은 혀를 끌끌 차며 음욕신마에게 시선을 주었다.

"자네는 나를 실망시키는군."

"그, 그러면……."

상관책은 혀를 끌끌 차며 손을 내저었다. 그와 동시에 무사가 박도를 치켜들었다.

"어차피 그간 저지른 악행은 백 번의 죽음으로도 씻을 수 없는 것이었다. 그냥 운명이려니 생각해."

"으아아!"

서걱!

툭!

음욕신마의 머리가 바닥에 떨어졌다.

푸아악!

머리가 없어진 목에서 피가 분수처럼 솟구쳐 올랐다. 상관책은 그 모습을 보고 있다가 몸을 일으켰다.

'도대체 뭘 준비하고 있는 거지?'

뇌옥을 나서며 상관책은 턱을 매만졌다.

강시라니. 그따위 것들이라면 애초부터 경계 대상이 되질 못한다.

'전설의 활강시 정도라면 모를까.'

피식.

상관책은 허황된 생각을 했다며 미소를 지었다.

활강시라니, 그럴 리가 없다.

'실제 존재했는지조차 의문인 대법이 아니던가. 나도 늙었군, 말도 안 되는 상상을 하다니.'

상관책은 걸음을 옮겼다.

＊　　　＊　　　＊

그 시각. 배화교의 지하 깊숙한 곳.

해월천은 불안한 눈빛으로 누워 있었다. 사지는 밧줄로 꽉 묶인 상태였다. 그리고 주위에는 수십 명의 사람들이 뭔가를 분주히 준비하고 있었다.

"무슨 대법인지 말해주지 않을 거요?"

아무리 물어도 대답해 주지 않는다.

"젠장! 대답 좀 해보라고!"

"자, 이제 시작하지."

해월천의 외침에도 불구하고 사람들은 자신들의 할 말만 할 뿐이었다. 그중 매부리코를 한 노인이 다가왔다.

"난 약선이라고 하네."

"지금 나에게 무슨 짓을 하려는 거요?"

약선은 징그러운 미소를 지었다.

"아무런 걱정 말게. 우린 단지 자네를 대법을 통해 강하게 만들어주려는 것뿐이니까."

"말해주시오!"

"시끄럽군."

약선은 눈살을 찌푸리더니 해월천의 수혈을 짚었다.

풀썩.

이윽고 해월천이 잠에 빠져들었다.

"이제야 좀 조용하군."

약선은 가뿐한 표정으로 중얼거리더니 좌중의 사람들을 쭉 둘러보며 입을 열었다.

"지금부터 활강시 제조를 시작하겠다. 매우 복잡하기도 하거니와 소실된 부분을 복원한 만큼 불완전한 부분도 있을 터. 대법을 시행함에 있어 한 치의 오차도 허용되지 않는다."

"예!"

약선은 팔을 걷어붙이며 의미심장한 미소를 지었다.

"자, 시작해 보자. 전설의 활강시를 내 손으로 만드는 거야."

만약 성공한다면?

이 무림은 피로 물들게 될 것이다.

사상 최악의 괴물에게 말이다.

"크크크."

*   *   *

적연은 주먹을 쥐었다 폈다 하며 기운을 움직이고 있었다.

이제야 조금씩 익숙해져 가는 기분이다.

"형님, 들어가도 돼요?"

때마침 바깥에서 미친개의 목소리가 들려왔다.

"들어와."

적연의 말에 미친개가 빼꼼히 문을 열고 안으로 들어왔다.

"무슨 일이지?"

"요즘 며칠 동안 방 안에만 틀어박혀 계시니까 궁금해서요."

"아, 그렇군."

적연은 가볍게 고개를 끄덕이다가 생각난 듯 미친개를 바라보았다.

"내 몸에 손대봐."

"예?"

"어서."

"아, 예."

뜬금없는 말에 미친개가 손을 뻗었다.

턱.

미친개의 손이 적연의 어깨에 얹어졌다. 적연의 얼굴이 '역시… 아직인가?' 란 표정을 지었다.

"형님, 왜요?"

영문을 모르겠다는 얼굴로 눈을 끔벅이는 미친개를 바라보며 적연은 한숨을 내쉬었다.

내공이 담기지 않은 손길에는 반탄지기가 일어나지 않는다.

"…아직 반쪽짜리라."

"예?"

"아무것도 아니다."

적연의 말에 미친개가 머리를 긁적였다. 적연은 잠시 앉아 있다가 몸을 일으켰다.

"너무 쉬었군. 잠깐 바람이라도 쐬어야겠다."

문밖으로 나가기가 무섭게 서늘한 바람이 얼굴에 와 닿았다.

정원에는 새로운 시종과 시비가 일을 하고 있었다. 적연은 미친개를 바라보았다.

"장사에 다녀와라."

"예?"

갑작스런 말에 미친개가 고개를 갸웃거렸다. 하지만 이내 고개를 끄덕였다. 장사에 갔다 오라는 이야기는 율무극을 데리고 오라는 이야기였다.

"수룡왕은요?"

"그녀는 당분간 더 두고 본다."

율무극과는 달리 수룡왕은 얼굴이 너무 알려져 있다. 더욱이 그녀는 무림맹과 적대 관계다.

"알겠습니다."

"되도록 빨리 다녀와."

"예."

미친개가 처소로 돌아갔다. 장사로 가기 위해서는 짐을 꾸려야 했다.

적연은 지그시 눈을 감은 채 의자에 앉아 있었다.

"저기요."

"음?"

적연이 눈을 떠보니 남오장에 연락을 담당하는 시종이었다.

"무슨 일이지?"

"손님이 찾아왔다고 하던데요?"

"누구지?"

"노인인데… 이름은 율무극이라 했습니다."

적연의 눈이 크게 치켜떠졌다. 그럴 수밖에 없는 것이 방금 전 미친개에게 율무극에 관한 명을 내렸기 때문이다.

"양반은 못 되는군."

적연은 고개를 설레설레 저었다. 때마침 짐을 꾸린 미친개가 처소에서 나왔다.

"형님, 다녀오겠습니다."

"다녀올 필요가 없게 되었다."

"예?"

"본인이 찾아왔더구나."

"짐 다 쌌는데……."

미친개는 망연자실한 표정을 지으며 다시금 처소로 들어갔다. 적연은 시종에게 시선을 주었다.

"데리고 들어와라."

"예? 하지만……."

이곳은 일반인이 출입할 수 없는 공간이다. 적연은 귀찮다는 표정을 지었다.

"상관없다. 내 부하야."

"알겠습니다."

그제야 시종이 명을 받들고 나갔다. 잠시 후 시종을 따라 율무극이 들어왔다.

"율무극이 소가주님을 뵙습니다."

"짧은 시간이었는데… 잘 단련했군."

적연은 율무극을 바라보며 만족스럽다는 표정을 지었다. 처음 보았을 때보다 한층 깡말라졌지만 안광이 번뜩이고 있었다.

그간 뼈를 깎는 수련을 했다는 증거였다.

"사람들이 있는 곳에서는 나를 소가주라 부르지 마라. 장주라 불러."

"알겠습니다, 장주님."

율무극은 곧바로 적연의 말뜻을 알아듣고 예를 취했다. 적연이 몸을 일으켰다.

"이리로."

방으로 돌아온 율무극이 정중히 허리를 숙이며 예를 취했다.

"그간 잘 지내셨습니까?"

"그래."

적연이 고개를 끄덕였다. 율무극은 주위를 둘러보며 눈살을 찌푸렸다.

"무림맹이군요."

"그렇다."

"왜 하필 무림맹입니까?"

적연은 빙그레 미소를 지었다. 해월령으로 인해 어쩌다 보니 그렇게 되었다. 물론 이렇게 말할 수는 없었다.

"호랑이를 잡으려면 호랑이 굴로 들어가라는 옛말을 따랐을 뿐이다."

"그렇군요."

다행히 수긍하는 눈빛이다.

"전 이제 무엇을 해야 합니까?"

율무극의 물음에 적연이 입을 열었다. 일단 지금의 상황을 그도 알아야 했기 때문이다.

긴 이야기가 끝을 맺었을 무렵 율무극은 침음성을 삼켰다.

"그렇군요. 그 악적들이 소가주님의 정체를 다 알고 있는 것이로군요."

악적이란 오대가신가문을 이르는 말이었다. 적연은 고개를 끄덕였다.

"더욱이 놈들이 움직이기 시작했어. 이번은 콧대를 꺾어놓았지만 다음번에는 어디서 올지 모르지. 그리고……."

"예?"

"배화교에서도 나를 증오하고 있지."

어찌 보자면 오대가신가문보다 더욱 문제가 크다 할 수 있었다.

"어떤 놈을 보내올지 말이야."

적연은 눈가를 차갑게 가라앉혔다. 율무극은 그 모습을 바라보다가 조심스럽게 물었다.

"이제 어쩔 생각이십니까?"

"이제부터 내가 할 일은 간단해."

적연은 율무극을 바라보다가 씨익 웃었다.

"나를 지지해 주는 세력을 만드는 것이지. 그들은 나에게 있어 큰 힘이 될 수 있다. 그러자면 그만큼 내가 명성을 쌓아야 하겠지?"

적연의 입가에 미소가 머금어졌다.

'맹주 또한 그 점을 바라고 있을 터.'

보아하니 맹주는 오대가신가문을 탐탁지 않게 여기고 있는 것 같다. 그렇다면 자신은 바로 그들을 견제할 수 있는 인물.

요즘 들어 적연을 자주 불러들이는 것도 그 이유라고 생각했다.

'그렇다면 그를 이용하는 것도 좋겠어.'

맹주의 신임을 받는다면 명성 또한 자연스럽게 올라가게 될 것이다. 그가 적연을 이용하듯 적연 역시 상관책을 이용하면 된다.

'가만. 그러자면 지금의 직위로는 곤란해.'

일단 남오장은 대외에 그리 알려져서는 안 되는 임무를 주로 받는다. 명성을 쌓으려면 조금 더 알려진 곳으로 옮겨야 한다.

적연은 몸을 일으켰다. 그의 발걸음이 향한 곳은 맹주전이었다.

"어서 오게."

상관책은 적연을 반갑게 맞이해 주었다. 적연은 가볍게 예를 올렸다.

"자네가 웬일인가?"

"남오장주 직을 사임하고 싶습니다."

뜻밖이라 할 수도 있는 이야기. 하지만 상관책의 표정에는 아무런 변화가 없었다. 예상했다는 듯이 말이다.

"그러면?"

"정확히 말하자면 지금의 남오장으로는 곤란합니다. 제 임무를 대외적으로 돌려주십시오."

"완전히 드러내고 싶다… 이 소린가?"

"그렇습니다. 그래야 맹주님의 기대에 조금이라도 더 부흥할 수 있지 않겠습니까?"

상관책의 눈썹이 한차례 흔들렸다. 하지만 그것도 잠시, 입가에 미소가 드리워졌다.

"그것이야 어렵지 않지. 알겠네. 조금 기다려 보게."

적연은 고개를 끄덕였다.

"알겠습니다. 그리고 수하 한 명을 받아들였습니다."

"수하? 또?"

"아마 맹주께서도 아시는 인물일 겁니다."

"그것참 궁금하게 해주는군."

상관책은 적연을 바라보며 턱을 매만졌다. 자신이 아는 인물이라니? 결국 호기심을 참지 못했다.

"얼굴이라도 한 번 보고 싶구만."

"그럴 줄 알고 데려왔습니다."

이윽고 문이 열리며 맹주전 안으로 율무극이 걸어 들어왔다.

벌떡.

"자네?"

이번만큼은 상관책 역시 많이 놀란 표정이었다. 자리를 박차고 일어난 것이 그 증거였다.

율무극은 가볍게 몸을 숙였다.

"몸이 이러하니 이해해 주십시오."

"일검혈로. 살아 있었나?"

"늙은 목숨이 질기더군요."

율무극의 어조는 싸늘했다. 적가가 망했을 때도 자신의 몸을 추스르기 바빠 방관했던 상관책이었다. 좋게 보일 리가 없었다.

연륜이 쌓인 상관책이 율무극의 의중을 못 알아챌 리 없었다.

"흠흠."

상관책은 헛기침을 두어 번 내뱉더니 머쓱한 표정으로 말을 이었다.

"그래도 살아 있으니 다행이군."

"그렇습니다. 죽지 못해 살아 있은 것이 이런 경사로 올 줄은 몰랐습니다."

율무극은 적연을 바라보며 충심 어린 눈빛을 보냈다. 적연은 가볍게 어깨를 으쓱였다.

"아까 말씀드린 것은 기다리겠습니다. 조만간 좋은 소식을 주셨으면 좋겠군요."

"그래."

상관책은 고개를 끄덕였고, 적연과 율무극은 예를 올린 뒤 맹주전을 나섰다.

"크흠……."

상관책은 닫힌 문을 한동안 응시하다가 눈살을 찌푸렸다.

"생각한 것보다 골치 아픈 녀석이 될지도 모르겠군."

왠지 오대가신가문을 쳐낸 뒤에 골치를 썩일 수도 있을 것 같은 불길한 느낌이 들었다.

적연이 맹주와 만나고 온 뒤 일주일 정도의 시간이 지났을 무렵이었다.

"명령이 내려왔습니다."

미친개의 말에 적연이 서신을 받아 들었다.

"인사 명령이군."

서신 안에는 남오장을 파검소에서 독립시키고 적풍대로 개명한다는 내용이 적혀 있었다.

"적풍대?"

적풍대는 교주의 직속 단체로 일종의 감찰단이라 할 수 있었다.

"과연 이것이 새로운 명칭인가?"

지여선은 눈살을 찌푸리며 말했다. 그녀는 적연에게 이야기를 들었기 때문이다.

"그럼 장주님이 아니라 대주님이네요?"

"그래."

적연은 고개를 끄덕였다. 그때 율무극이 심각한 어조로 말했다.

"하지만 제대로 도와줄 생각은 없는 듯싶군요."

"음?"

"저라면 이 기회에 소가주님을 규모가 큰 단체로 편입시켜 넣겠습니다."

율무극은 가볍게 안색을 굳히며 말을 이었다.

"아무래도 맹주가 소가주를 시험해 보는 것으로 보이는군요."

적연이 의아한 얼굴로 율무극을 물끄러미 바라보았다.

"시험한다?"

"아마 그는 다섯 가문의 대항마로 소가주님을 택한 것일 테지요."

"대항마라… 그럴지도 모르지."

현재 오대가신가문의 권력은 너무도 커졌다. 그리고 그 시발점은 적가를 멸문시킬 때로부터 시작되었다.

자신의 가장 측근인 적가가 멸문되는데도 불구하고 맹주는 아무런 움직임이 없었다. 아니, 움직일 수 없었다는 표현이 맞으리라. 상관책이 젊은 나이에 맹주에 오를 수 있었던 것은 가신 가문이 뒤에서 힘을 실어준 탓도 있었을 테니까.

꼭두각시가 필요했을 것이다.

"하지만 상관책도 언제까지고 꼭두각시 노릇을 할 수는 없었을 터."

"내가 나타난 것이 그야말로 절묘했다?"

율무극은 고개를 끄덕였다.

"제가 알아본 바로는 아직까지 상관책의 권력은 그들에 비할 바가 아닙니다. 상관책의 입장에서는 소가주님의 존재를 드러낸 것이 최후의 수라 할 수 있지요."

"나보다 많이 알고 있군."

적연은 율무극을 물끄러미 바라보다가 히죽 미소를 지었다. 그렇지 않은가.

"저라면 최대한 소가주님을 바깥으로 돌렸을 것입니다. 아직은 그들과 맞부딪칠 만한 상황이 아니니까요. 하지만 맹주는 그러지 않았습니다. 한층 거세게 몰아붙이는군요."

적연은 피식 웃었다.

"아마도 아직까지 나에 대해 확신을 가지지 못하고 있다는 뜻이겠지."

그들에게 당할 정도면 적연은 그저 그런 인물에 지나지 않는 것이다.

"여우 같은 영감탱이."

미친개의 말에 적연이 피식 웃었다. 속된 말로 처음에는 대차게 질렀고 이제는 그것을 가지고 저울질하는 단계였다.

적연은 어깨를 으쓱이며 말문을 열었다.

"일단 나는 열심히 이용당해 줘야겠군."

"그래야 하겠지요. 하지만 뒤에는……."

"아아, 알고 있어."

적연은 희미한 미소를 지었다. 일단은 이용당해 준다. 하지만 언젠가는 상황이 뒤집힐 것이다.

"가는 게 있으면 오는 것이 있어야 하는 법이거든."

적연은 찻잔을 들며 여유로운 어조로 중얼거렸다.

그날 저녁 바람을 쐬러 나온 적연은 공교롭게도 해월령과 마주쳤다.

해월령은 적연을 바라보며 머쓱한 표정으로 입을 열었다.

"오래간만이네요."

적연은 가볍게 고개를 끄덕였다.

"이제는 적풍대주로 불러드려야 할까요?"

남오장이 파검소에서 독립한다는 것을 들은 해월령의 말이었다. 적연은 가볍게 고개를 끄덕였다.

"그렇소."

"그렇군요."

"마침 잘됐군."

적연은 품에서 커다란 가죽 주머니를 꺼내 건네주었다.

"이건?"

"돈은 돌려주겠소."

무림맹 앞에서 적연에게 건네준 것이었다. 자신을 지켜달라는 계약조의 의뢰금이었지만 이제는 필요가 없게 되었다. 해월천은 쫓겨났고 목숨을 위협받을 위험 요소가 사라졌기 때문이다.

"어차피 이제 당신을 지킬 일이 없으니까."

적연의 말에 해월령의 얼굴이 찌푸려졌다.

"나와의 관계를 끊지 못해 안달이 난 사람 같군요."

"그렇게 받아들인다면 어쩔 수 없지."

다소 차가운 적연의 어투에 해월령의 표정이 딱딱하게 굳어졌다.

"요즘 좀 변한 것 알아요?"

"뭐가 말이오?"

"왠지 날 피하는 것 같은 느낌이에요."

"마음대로 생각하시오."

적연은 어깨를 으쓱이며 몸을 돌렸다. 해월령은 그 모습을 바라보다가 한숨을 내쉬며 돌아갔다.

적연은 그 모습을 바라보며 나지막한 목소리로 중얼거렸다.

"이제는 적이로군."

적연의 표정은 좋지 않았다.

처소로 돌아오기가 무섭게 적연은 미친개와 지여선을 불렀다.

"오대가신가문에 대해 뭔가 구린 구석이 있는지 철저히 조사해."

자신에게 주어진 감찰관의 권력.

철저히 써먹어줄 생각이었다.

이윽고 미친개가 나가고 적연은 몸을 일으켰다.

오대가신가문을 효과적으로 몰기 위해서는 아무리 사소한 소문이라도 모두 들어야 한다. 아무래도 미친개만으로는 조금 부족한 면이 있다.

무한 시내로 나간 적연이 도착한 곳은 하오문 무한 지부였다. 얼마 전 음욕신마를 잡기 위한 정보 수집차 방문한 적이 있었다.

"서희에게 적연이 왔다 전해라."

"그러실 것 없습니다."

그때 이층에서 들려온 목소리에 적연이 고개를 들었다. 이층에서 면사를 쓴 서희가 적연을 바라보고 있었다.

"이리로."

적연은 고개를 끄덕이며 내부 객실로 들어갔다.

"또 뵙는군요."

"그간 잘 지냈소?"

"소녀야 언제나 똑같지요."

면사에 가려지지 않은 서희의 눈매가 생긋 눈웃음을 지었다. 그녀는 적연에게 은근한 시선을 건네며 입을 열었다.

"음욕신마를 무사히 잡아들이셨다는 이야기는 들었습니다."

"정보가 빠르군."

"아무래도 정보를 다루다 보니까 그런 것이겠지요. 그건 그렇고, 웬일이신가요?"

서희의 물음에 적연의 표정이 가볍게 굳어졌다.

"의뢰를 하러 왔소."

"의뢰요?"

"오대가신가문에 관한 것이오. 그 어떤 것이라도 좋소. 약점이 될 만한 것이라면 뭐든 알아내 주시오."

서희의 안색이 가볍게 일렁였다.

"공자께서는 도대체 무슨 일을 벌이시려는 거죠?"

적연은 표정을 굳히며 서희를 바라보았다.

"알 것 없잖소?"

"소녀가 경솔했습니다."

찰그랑.

적연은 품에서 커다란 가죽 주머니를 꺼내 서희에게 건넸다.

"착수금이오."

"분명히 받았습니다."

"언제쯤 오면 되겠소?"

"보름입니다."

서희의 말에 적연은 고개를 끄덕이며 몸을 일으켰다.

"이만 가보겠소."

"잠시만요."

막 방을 나서려는 순간 서희가 적연의 발걸음을 막아섰다. 적연이 고개를 돌렸다.

"뭐 더 할 말이라도 남아 있소?"

"한 가지 약조를 해주세요."

"들어나 봅시다."

"이번 의뢰는 저희 지부의 존폐가 걸린 일이에요."

오대가신가문의 뒤를 캐는 일이다. 서희에게 위기가 닥칠 여지는 충분히 있다.

적연은 그녀의 말뜻을 알아채고는 고개를 끄덕였다.

"만약 그리된다면 나에게 기별을 넣으시오."

약조를 받은 서희가 다소곳하게 예를 취했다.

"그럼 이만."

적연이 막 방문을 열려는 찰나였다.

"언제 한번 들르세요. 제가 모시겠습니다."

적연은 흘러내린 머리를 뒤로 넘겼다.

"유혹하는 거요?"

"그럴지도 모르지요."

부정하지 않는다. 적연의 입가에 미소가 머금어졌다.

"당신의 맨 얼굴을 볼 수 있는 건가?"

"아마도요."

"한 번 생각해 보도록 하지."

달칵.

서희를 만나고 온 지 열흘 정도가 지났을 무렵이었다. 그간 미친개가 수집해 온 정보를 정리하던 적연은 창가로 내려앉은 비둘기를 발견하고는 다가갔다.

다리에 매어져 있는 서신이 눈에 들어왔기 때문이다.

덜컹!

서신 안의 내용을 살핀 적연이 급하게 문을 박차고 나갔다.

단박에 무림맹을 나선 적연의 발걸음이 멈춘 곳은 하오문의 무한 지부인 취화정이었다.

"불이야!"

적연은 눈을 부릅뜨며 그 자리에 섰다. 취화정은 불에 타고 있었다.

사람들이 몰려나와 불타는 취화정을 바라보고 있었다. 점점 불길이 거세졌고 적연은 이빨을 꽉 깨물었다.

"제길!"

적연은 주위를 둘러보다가 물통을 들고 있는 한 사내를 발견했다.

"이리 내!"

촤악!

물을 자신의 몸에 쏟아 붓고 취화정 안으로 뛰어들었다.

화르륵!

안으로 들어가기가 무섭게 뜨거운 열기가 적연의 온몸으로 느껴졌다. 적연은 황급히 주위를 살폈다.

　내부는 거센 불길로 인해 한 걸음을 내딛기가 힘들 정도였다.

　"콜록! 콜록!"

　더욱이 연기로 인해 숨조차 제대로 쉬기가 어려운 상황.

　부욱!

　적연은 젖은 옷소매를 찢어 입가를 가리고 이층으로 뛰어올라 갔다.

　콰직!

　그 순간 기둥이 적연을 향해 무너져 내렸다.

　'치잇!'

　적연은 재빨리 몸을 틀어 피했다. 하지만 공교롭게도 쓰러진 기둥이 계단을 덮쳐 버렸다.

　우르릉! 하는 소리와 함께 계단이 무너져 내렸다.

　"빌어먹을!"

　적연은 불길의 한가운데에서 주위를 살폈다.

　"서희! 콜록!"

　있는 힘껏 서희의 이름을 불렀지만 불길로 인해 잘 들리지가 않을 것이 분명했다. 그 순간.

　'살기?'

　등골을 타고 흐르는 이 느낌은 분명 살기였다.

　파바박!

　적연은 지체없이 몸을 날려 이층으로 올라섰다.

서희는 내빈실 벽에 바짝 붙은 채 자신을 향해 눈을 번뜩이는 복면인을 바라보았다.

부르르.

가녀린 서희의 몸이 떨리고 있었다. 문틈으로 새어 들어오는 연기로 인해 숨을 쉬기가 버거워졌지만 그런 생각을 할 틈이 없었다.

저벅.

복면인은 날카로운 검을 치켜든 채 서희에게 한 발자국씩 가까워져 왔다.

다급한 상황임에도 불구하고 면사를 쓴 서희의 표정만큼은 의연했다.

스윽.

복면인이 검을 치켜들며 자세를 취했다. 휘두르기만 하면 그녀의 목숨은 단번에 끝이 날 것이다.

절체절명의 상황!

콰직!

문이 박살 나며 안으로 불길이 휘몰아치듯 쏟아져 들어왔다.

파앙!

그리고 불길을 뚫으며 적연이 날아들었다. 급히 몸을 돌린 복면인의 눈이 크게 치켜떠졌다.

으적!

복면인이 무슨 행동을 취할 새도 없이 적연의 발바닥이 복부에 틀어박혔다.

"커억!"

짧은 비명 소리와 함께 복면인이 쭉 밀려나더니 벽에 세차게 충돌했다.

"아!"

서희의 눈에서 왈칵 눈물이 치솟았다. 긴장이 풀린 탓이었다.

"괜찮소?"

적연의 물음에 서희는 아무런 말도 하지 못하고 고개만 끄덕일 뿐이었다. 서희가 무사함을 안 적연이 몸을 돌려 복면인 쪽으로 시선을 주었다.

방금 전의 공격이 죽음에 이를 만큼 강하지 않았음을 알고 있었다.

부스스.

때마침 복면인이 몸을 일으키더니 적연을 바라보며 곧바로 자세를 취했다.

"동귀어진인가?"

속된 말로 너 죽고 나 죽자의 수법이다. 적연의 입꼬리가 한쪽으로 말려 올라갔다.

파밧!

복면인이 땅을 박차고 적연에게 달려들었다. 검끝이 적연의 목 언저리를 노리고 찔러 들어왔다.

"꺄악!"

서희가 비명을 지르며 눈을 질끈 감았다. 적연이 피할 생각을 전혀 하지 않았기 때문이다.

검끝이 적연의 신체에 닿으려는 순간, 검이 무언가에 막힌 듯 활처럼 휘어졌다.

끼이잉!

"……!"

복면인의 눈이 크게 치켜떠졌다. 처음 시선이 간 것은 휘어진 검날이었고 뒤이어서는 미소를 짓고 있는 적연의 얼굴이었다.

깡!

휘어지던 검이 충격을 이기지 못하고 부러지며 복면인의 몸이 급속도로 적연의 몸에 접근해 갔다.

콰앙!

하지만 그마저도 여의치 않았다. 적연의 몸에 닿지도 못한 채 반탄지기에 그대로 튕겨져 나간 것이다.

우두둑! 하는 소리와 함께 복면인의 몸이 벽에 틀어박혔다.

더 볼 것도 없이 즉사다.

복면인의 패인은 한 가지였다. 그는 적연에 대해 알지 못했다. 내공을 머금은 공격으로는 적연에게 아무런 타격을 입힐 수 없음을 말이다.

"흥."

적연은 콧방귀를 뀌며 몸을 돌렸다.

털썩.

서희가 바닥에 주저앉았다.

"괜찮소?"

적연의 물음에 서희가 애써 미소를 지었다.

"…늦었어요."

히죽.

적연은 씁쓸한 미소를 짓다가 문밖을 살폈다. 한층 불길이 거세어졌다.

"어쩔 수 없군."

잠시 생각하던 적연이 물에 젖은 상의를 훌렁 벗어 서희의 얼굴 위로 덮었다.

"업히시오."

"예?"

"후딱 나갑시다."

"하, 하지만……."

"실랑이할 시간이 없소."

적연의 어조가 강해지자 서희가 미미하게 고개를 끄덕였다.

"자, 잠시만요."

서희는 황급히 탁자 위에 놓여 있던 목갑 하나를 들고는 적연의 등에 업혔다.

단번에 문을 박차고 나간 적연이 이층에서 일층으로 뛰어내렸다.

쿵!

일층으로 착지한 적연이 그 탄력을 이용해 문을 향해 뛰쳐 나갔다.

어느새 무너져 내린 잔해로 인해 문이라 불릴 수 없었지만 적연은 개의치 않았다.

투하!

불과 잔해를 뚫으며 뛰어나온 적연이 멈춰 섰다. 그와 동시에 취화정이 무너져 내렸다.

"우와악!"

사람들은 뜨거운 불길과 잔해를 피해 몸을 돌렸다.

"후우."

가볍게 한숨을 고른 적연이 다시금 몸을 날렸다. 그렇게 얼마나 몸을 날렸을까. 적연의 발걸음이 멈춰진 것은 홍등가를 지나 시내 한편의 골목이었다.

"이쯤이면 되려나?"

혹시나 바깥에서 기다리고 있을 적들을 피하기 위함이었다. 보아하니 따라붙은 파리들은 없었다. 적연은 힐끗 고개를 돌려 등에 업혀 있는 서희를 내려놓았다.

업혀 있던 서희가 땅에 발을 딛기가 무섭게 다시금 주저앉으려 했다. 적연이 황급히 손을 뻗어 서희의 팔을 잡았다.

"괜찮소?"

"아… 예."

서희는 고개를 푹 떨군 채 미미하게 대답했다. 적연은 어깨를 으쓱이며 서희의 얼굴을 덮고 있던 자신의 옷을 들어 입었다.

"쯧."

적연이 얼굴을 찌푸렸다. 축축한 것도 그러하지만 물기로 인해 옷이 몸에 착 달라붙는 느낌이 거북했다.

"그 목갑은?"

서희의 품에 꼭 안겨 있는 목갑으로 시선이 갔다. 그녀는 적연을 바라보며 목갑을 건넸다.

"의뢰하신 정보예요."

"고맙소."

급박한 상황임에도 서희는 적연의 의뢰를 잊지 않은 것이다.

"다른 이들은?"

"한발 앞서 대피시켰어요."

"그러는 당신은 어쩌다가 그리된 거요?"

적연의 물음에 서희는 목갑을 가리켰다. 적연은 입을 꾹 다물었다.

"그렇게 된 것이로군."

결국 자신의 의뢰로 인해 목숨에 위협까지 당한 것이다. 적연은 가볍게 한숨을 내쉬었다.

"당분간은 몸을 숨기고 있으시오."

"그래야겠지요."

서희는 고개를 끄덕이며 몸을 일으키다가 잊었던 것이 생각났다는 표정으로 입을 열었다.

"한데 이상한 점이 있었어요."

"뭐지?"

적연의 물음에 서희가 심각한 표정으로 입을 열었다.

"뭐랄까… 너무 쉬었어요."

"쉽다니?"

"정보를 수집하는 것이오. 어떻게 표현해야 할까요? 누군가 우리가 정보를 알아내기 쉽도록 안배를 해놓은 것 같은……."

"흐음."

적연은 침음성을 삼켰다. 그게 무슨 소리일까?

'미리 안배해 놓은 것 같았다고?'

적연의 눈이 한차례 크게 흔들렸다.

'설마?'

"무언가 짚이는 바가 있으신지요?"

서희의 물음에 적연은 눈을 끔벅이며 화제를 다른 곳으로 돌렸다.

"아무것도 아니오. 그것보다 어디로 가야 하지?"

"데려다 주시게요?"

"그러리다."

일이 이렇게까지 되었는데 어찌 모른 척할 수 있단 말인가. 그것은 도리가 아니었다.

"업히시오."

"이제는 괜찮아요."

"괜찮아 보이질 않으니 하는 말이외다."

적연은 반강제로 서희를 등에 업더니 몸을 날렸다.

무한의 동쪽 성문 쪽에는 몇몇 사람이 모여 있었고, 적연의 등에 업혀 있는 서희를 보는 순간 안색이 환해졌다.

"지부장님!"

그중 한 여인이 눈에 눈물을 글썽이며 다가왔다. 서희는 적연의 등에서 내려 단아한 미소를 흘렸다.

"다행이에요. 정말 다행이에요. 전 너무 걱정이 돼서… 흑흑!"

여인은 서희를 얼싸안고 참았던 눈물을 왈칵 쏟았다.

그렇게 얼마나 시간이 지났을까. 해우의 기쁨을 나눈 서희가 적연에게 시선을 주었다.

"이만 가보겠습니다."

"그러시오."

"곧 돌아올 겁니다. 오대가신가문이 사라지면……."

적연은 히죽 웃었다.

"조만간 다시 볼 수 있겠군."

서희는 빙그레 미소를 지었다.

"소녀가 대접해 드리겠어요."

적연은 빙그레 웃었다.

"당신의 맨 얼굴이 궁금했지만 이젠 그렇지 않소."

"그게 무슨……?"

"그거 아시오?"

서희가 의아한 표정으로 적연을 멀뚱히 쳐다보았다.

"이미 벗겨졌소."

"예?"

"면사."

"아!"

다급하게 얼굴을 매만져 보았지만 적연의 말대로 이미 면사는 벗겨진 상태였다. 적연은 어깨를 으쓱였다.

"과연 아름답군."

서희는 아무런 말도 하지 못한 채 입을 벌리고 있었다. 적연은 그녀의 어깨를 한차례 툭 쳐준 후 몸을 날렸다.

第二十六章

오대가신가문의 몰락

龍
劍風

　서희에게 위기가 닥쳤다는 것은 오대가신가문에서 무언가
낌새를 눈치 챘다는 것이다.

　'한시가 급해.'

　지금이 기회였다.

　적연은 곧바로 무림맹으로 돌아와 상관책에게 가서 오대가
신가문에 대해 조사한 바를 보고했다.

　"천룡회는 그간 적지 않은 공금을 횡령했더군요. 지금까지
드러난 것으로만 오십만 냥이 넘습니다. 나머지 가문들을 합
하면 이백삼십칠만 오천 냥을 횡령했습니다. 두 번째, 모두 맹
에 보고하지 않은 불법 무력 단체들을 거느리고 있었습니다.
천룡회가 오백, 황성봉가 칠백, 무한진가 오백오십, 악주묵가

가 천삼백, 해월가가 팔백. 총 삼천팔백오십입니다."

적연은 잠시 말을 멈춘 후 상관책에게 시선을 주었다.

"보고되지 않은 숫자만으로도 무림맹 상주 인원을 모두 긁어모은 것보다 많군요."

"으음……"

"천룡회의 경우에는 주변 상권을 무력으로 흡수하고 있으며 십 년 전부터 강남 흑도연합에 군수물자를 팔아왔습니다."

"허어!"

상관책은 허탈성을 터뜨리며 고개를 설레설레 젓고 있었다. 큰 충격을 받은 표정이었다.

"황성봉가와 무한진가의 경우에는 더욱 심각합니다."

"심각하다니?"

"여러 문파와 내통했습니다."

"내통이라니?"

"무당, 소림, 청성, 남궁세가 등에 서신을 보내 차기 맹주 자리를 제안했더군요."

"크윽……"

상관책의 얼굴이 완전히 일그러졌다.

"도저히 믿을 수가 없다."

"조사해 보면 알겠지요."

상관책은 지그시 눈을 감았다. 그는 미간 사이를 손으로 짚으며 침음성을 흘렸다.

쾅!

어느 순간 상관책이 주먹으로 탁자를 내려치며 몸을 벌떡 일으켰다.

"명을 내린다."

"하명하십시오."

"교주 직권으로 오대가신가문에 대한 강제 수색을 명한다. 그대에게 모든 권한을 위임하겠다."

"명을 받들겠습니다."

적연은 예를 취하며 상관책을 힐끗 바라보았다. 언뜻 보기에는 진심으로 노기를 뿜어내는 것 같다.

'음흉해.'

결국 저 모습은 가식이다.

"마치 우리가 정보를 알아내기 쉽도록 안배를 해놓은 것 같은……."

서희의 말이 생각났고 적연은 어떻게 된 일인지 유추해 낼 수 있었다.

상관책이었다. 그는 애초부터 가신 가문의 비리를 알고 있었고 적연이 쉽게 정보를 수집할 수 있도록 안배를 해놓은 것이다.

'역시 방심할 수가 없겠어.'

적연은 눈가를 음습하게 가라앉히며 대전을 나섰다.

바깥에는 임지령과 율무극, 그리고 미친개가 기다리고 있었다.

적연은 가볍게 손을 뻗었다.

"곧바로들 출발하도록. 인정사정 봐줄 것 없다. 철저히 파
헤쳐."

                    *   *   *

우르르!

적연은 삼십 명의 지법사자를 끌고 달리고 있었다.

지법사자는 지법원의 무인들로서 적연의 이번 임무에 동원
되었다.

"도착했군."

저 멀리 보이는 건물은 무한진가였다.

문 앞을 지키고 서 있던 위사는 자신쪽을 향해 내달려오고
있는 인원을 보며 어안이 벙벙한 표정이다.

"당신들은 누구……."

위사가 창을 치켜들며 뭐라 말할 새도 없이 지법자사 한 명
이 위사를 밀치더니 무한진가의 대문을 발로 찼다.

쾅!

굳게 닫혀 있던 문이 발길질 한 번에 좌우로 열렸다.

탁!

발걸음을 멈춘 적연이 차가운 눈매로 좌중을 바라보다가 입
을 열었다.

"뒤져."

사사삭!

명이 떨어짐과 동시에 지법사자들이 주위로 재빨리 흩어졌다. 얼마 지나지 않아 진가 내부가 발칵 뒤집혔다.

"흐음."

적연은 뒷짐을 진 채 천천히 걸음을 옮겼다.

어안이 벙벙한 표정의 시종들과 바닥에 널브러져 있는 무사들이 보였다. 아마도 얼떨결에 저항을 한 모양이지만 지법사자들을 막을 수 있을 리가 없었다.

"뭐 하는 짓들이냐!"

이윽고 커다란 소리와 함께 무한진가의 장로 진석성이 모습을 드러냈다. 그 뒤로는 현 가주인 진곤강이 따르고 있었다.

"너는?"

순간 진석성이 놀란 눈으로 적연을 바라보았다. 적연은 차가운 미소를 지으며 입을 열었다.

"적풍대주 적연이 인사를 드립니다."

공손히 예는 취했지만 두 사람의 눈에 좋게 보일 리가 없었다.

"이게 뭐 하는 짓인가?"

불쾌한 기색이 역력한 표정으로 진곤강이 외쳤지만 적연의 표정에는 한 점 흔들림도 보이질 않았다.

"보시다시피 강제 수색 중입니다."

"뭣?"

"공금 횡령 및 불법 무력 단체 유지 및 타 문파와의 내통."

“……!”

진석성과 진곤강의 눈이 부릅떠졌다. 적연은 가볍게 손을 뻗었다.

“물러서 계시지요.”

“네, 네 이놈……!”

진석성은 몸을 부들부들 떨었다. 때마침 지법사자들이 각자 수북이 압수 물품을 들고 나타났다.

법을 지킨다는 지법원의 사자들이니만큼 이런 일은 능숙했다. 적연은 피식 웃었다.

“조만간 출두하라는 연락이 있을 겁니다.”

“네놈이 정녕……!”

“도망치셔도 좋습니다. 지상 끝까지 쫓아가 찾아드리지요.”

적연은 뒷짐을 지며 문을 나섰다. 그 뒤로 지법사자들이 따라 나갔다.

가주 진곤강이 바닥에 털썩 주저앉았고, 진석성은 이를 으득 갈며 적연의 뒷모습을 응시했다.

그와 같은 일은 무한에 자리 잡은 해월가와 천룡회에서도 이루어졌다.

미친개와 임지령은 해월가를, 율무극은 천룡회를 이 잡듯이 뒤져서 돌아왔고, 압수해 온 서류와 증거품이 두 수레나 되었다.

적연은 임지령과 율무극, 미친개를 둘러본 후 입을 열었다.

“율무극.”

“예.”

"그대는 임지령과 함께 황성봉가로 출발하도록."

"명을 받들겠습니다."

율무극이 명을 받들고 임지령과 곧바로 출발했다. 적연은 미친개에게 시선을 주었다.

"너와 나는 아주묵가로 간다."

"예, 형님."

미친개가 고개를 끄덕였다. 이제 남은 것은 지여선과 제갈여진이었다. 적연은 두 사람에게 시선을 주었다.

"두 사람은 지법원으로 가 조사에 동참하도록."

"다 찾아버릴게요."

"알겠습니다."

당당하게 말하는 지여선과는 달리 제갈여진의 얼굴 표정은 그리 좋지가 못했다. 그럴 수밖에 없는 것이 다른 곳은 다 젖혀두고서라도 해월가는 자신의 친구인 해월령의 가문이었기 때문이다.

적연은 눈살을 찌푸렸다. 그녀의 마음이 무겁기 그지없음을 알아챈 탓이었다.

"그대는 처소로 돌아가."

"…예?"

"공과 사를 구분할 수 없지 않소?"

제갈여진은 고개를 푹 떨궜다. 이성적으로 생각해 보아도 자신이 흔들리고 있음을 깨달았다. 뭐라 할 수 있겠는가.

제갈여진은 어깨를 축 늘어뜨린 채 터덜터덜 처소로 걸음을 옮겼다.

*　　　*　　　*

　파바박!

　밤새도록 달려 도착한 악주. 그리고 악주묵가가 적연의 눈
앞에 보였다.

　적가를 멸문시키는 데 가장 큰 역할을 한 가문이 바로 악주
묵가였다. 사실 그전까지만 하더라도 이곳은 오대가신가문에
도 들지 못한 것이 사실이다.

　"들어가자!"

　뒤따르던 미친개의 말이 떨어짐과 동시에 지법사자들이 문
을 박차고 안으로 들어갔다.

　"멈춰라!"

　그 순간 묵인풍이 기다리고 있었다는 듯 쩌렁쩌렁하게 외쳤
다. 그의 뒤로는 수백의 무사들이 안광을 번뜩이고 있었다.

　적연의 안색이 가볍게 일렁였다.

　'약삭빠른 늙은이.'

　이미 어딘가에서 연락을 받은 것이 분명했다. 적연은 미친
개에게 눈짓을 보냈다. 개의치 말고 일을 진행시키라는 뜻이
었다.

　미친개가 고개를 끄덕이며 지법사자들에게 명했다.

　"시작해!"

"명을 받들겠습니다!"

지법사자들이 기민하게 움직였다.

그 순간!

촤장!

묵인풍이 검을 뽑아 들며 안광을 번뜩였다. 적연은 팔짱을 낀 채 묵인풍에게 다가섰다.

"장로께서 명을 수행하는 저를 향해 검을 뽑는다는 것은 모든 것을 인정한다고 말씀하시는 것과 다를 바 없습니다만?"

"더 이상은 묵과할 수 없구나, 적가의 애송이!"

"적가의 애송이가 아닙니다."

적연의 입가에 서서히 차가운 미소가 번졌다.

"소가주지요."

나직한 말이 끝맺어졌다. 그와 함께 묵인풍의 눈이 크게 치켜떠졌다. 자기 자신을 소가주라 인정한 것은 적가가 다시 부활했음을 선언한 것이나 다름없었다.

놀람도 잠시, 묵인풍의 입꼬리가 말려 올라갔다.

"소가주? 아니지."

적연이 고개를 갸웃거렸다. 의아함이 가득 담겨 있는 눈빛이다.

"무슨 뜻이지?"

"네 아비는 죽었어."

"무슨 말인가 했더니만……."

적연은 히죽 웃으며 말을 잠시 멈추고는 묵인풍의 두 눈을 똑바로 응시했다.

"어찌 확신하십니까?"

묵인풍은 좌우로 고개를 내저었다.

"그래, 분명 얼마 전까지는 살아 있었지. 마굴에서 말이야."

번쩍.

적연의 눈이 크게 치켜떠졌다. 분명 이들은 적운이 살아 있다는 것을 몰랐어야 했다. 맹주조차도 그러지 않았던가?

"하지만 지금은 죽었다."

"죽었다고?"

적연의 기억 속에서 적운은 아버지가 아닌, 그자였다. 하지만 이제는 어쩔 수 없는 상황이었음을 알고 있다.

적연은 고개를 떨군 채 나지막한 목소리로 중얼거렸다.

"결국 아버지라 불러보지 못했군."

적연의 어조가 음습하게 가라앉았다. 묵인풍이 뒤로 한 걸음 물러설 정도의 기세였다.

주체할 수 없을 정도로 치솟는 이 감정의 기복은?

분노다.

그 순간 적연의 뇌리에 스친 한 가지 의문점이 있었다.

"죽어?"

그 누구도 적운을 죽일 수는 없다. 그는 극성에 이른 적룡반탄공을 익혔기 때문이다. 자신처럼 반쪽짜리가 아닌.

내공이든 내공이 실리지 않은 물리적인 힘이든 적운에게는 아무런 소용이 없었다.

적연은 눈가를 차갑게 빛내며 물었다.

"어찌 죽였나? 직접 죽였나? 그렇다면 나에게 시체를 보여
봐라."

적연의 물음에 묵인풍은 무슨 뚱딴지같은 소리냐는 표정이다.

"직접 죽였냐고 물었다!"

냉기를 머금은 외침에 묵인풍은 어깨를 으쓱이며 입을 열었
다.

"그, 그렇지는 않다."

적연의 얼굴이 풀렸다.

"그렇다면 아버지는 살아 계시다. 이 세상 그 누구도 아버지
를 죽일 수는 없어."

묵인풍이 노기를 뿜어냈다.

"웃기는 소리! 우리가 쓴 벽력탄이 몇 개인지나 아느냐? 마
굴은 형체도 없이 사라졌다!"

적연의 입가에 차가운 미소가 번졌다. 벽력탄이란다.

"벽력탄? 마굴을 무너뜨렸다? 고작 그 정도로?"

묵인풍은 똥 씹은 얼굴이다. 적연은 자신의 가슴에 손을 얹
으며 눈을 감았다.

"아버지는 살아 계셔. 아들인 나는 알 수 있어."

비로소 적연은 자신을 적운의 아들이라 말했다.

적연의 감겨 있던 눈이 떠졌다.

"하지만."

"……?"

"아버지를 해하려 한 시도는 용서할 수가 없다."

적연은 손을 들어 까닥였다.

"덤벼."

"이 무엄한 놈!"

묵인풍이 크게 외치며 적연에게 달려들었다.

"훙!"

적연은 콧방귀를 뀌며 묵인풍에게 마주 달려들었다. 두 사람의 간격이 순식간에 좁혀졌다.

피잉!

선공을 날린 것은 묵인풍이었다. 등 뒤에서 검을 뽑아 수평으로 베었다.

이런 공격에 당할 적연이 아니었다. 그는 가볍게 몸을 숙이며 피했다. 아니, 피했다고 생각했다. 수평으로 허공을 가르던 묵인풍의 검이 갑작스레 방향을 틀어 내려 베었다.

'당할 리가 없잖아?'

탕! 하는 소리와 함께 묵인풍의 검이 적연의 반탄지기에 밀려 위로 치켜 올라갔다.

'앗차!'

묵인풍의 눈가가 격하게 흔들렸다. 잠시 잊고 있었다. 적룡반탄공을.

적연이 노린 것은 바로 이것이었다. 묵인풍의 중심이 흔들리는 이 순간을 말이다.

으적!

적연이 무릎을 구부렸다가 펴며 그 탄력을 이용해 주먹을 올려쳤고, 묵인풍의 얼굴이 뒤로 젖혀졌다. 적연의 주먹이 묵인풍의 턱에 작렬했기 때문이다.

"커흑!"

비명성과 함께 입에서 피가 왈칵 뿜어져 나왔다. 턱에 가해진 충격으로 인해 이빨이 부러지며 입 안의 여린 피부를 헤집은 탓이었다.

적연은 거기에서 멈추지 않고 몸을 일으키며 다시금 주먹을 휘둘렀다.

"이익!"

묵인풍이 입술을 꽉 깨물며 훌쩍 몸을 날려 적연의 공격을 피해냈다.

'과연 녹록하게 당하지는 않는다 이건가?'

비록 적가를 멸문시키고 그 자리를 차지했다고는 하지만 오대가신가문의 위치를 점한다는 것은 그만큼 능력이 있다는 뜻이다.

묵인풍은 그 악주묵가의 장로다. 적연이 쉽사리 제압할 수 있는 상대가 아니다.

뚝… 뚝…….

묵인풍의 입가는 피로 범벅이 되어 있었다.

사사삭!

그 순간 묵인풍의 뒤에 도열해 있던 악주묵가의 무사들이 움직이기 시작했다.

"멈춰라!"

뜻밖에도 무사들의 움직임을 막아선 것은 묵인풍이었다. 그는 소매로 입가를 닦아내고는 입을 열었다.

"내가 명할 때까지 대기해라."

묵인풍은 적연을 노려보았다.

"움직이는 것은 본 장로가 놈을 처리한 뒤다."

적연은 어깨를 으쓱였다.

"과연?"

도발이었지만 묵인풍의 안색은 흔들리지 않았다. 하지만 그 눈빛만큼은 여전히 살기를 머금은 상태였다.

씨익.

우웅… 우웅…….

순간 묵인풍의 검날이 떨리더니 울음소리를 내기 시작했다.

빠직! 빠지직!

검끝에서 퍼런 불꽃이 아지랑이처럼 솟아났다. 그리고 뒤이어 검 전체로 번져 나갔다.

'검기인가?'

적연의 눈썹이 꿈틀거렸다. 그것도 잠시,

'검기가 아니다?'

쏴아아!

이윽고 퍼런 불꽃이 검날 밖으로 솟아 나왔다. 이글거리기는 하지만 검 위에 덧씌워진 불의 검이었다.

쩍!

퍼런 빛의 기운에서 흘러나온 불의 아지랑이가 발치 앞에 놓인 돌멩이를 둘로 쪼개 버렸다. 잘 갈린 식칼로 무를 썬 듯 그 단면이 깔끔하기 그지없었다.

"거, 거거거거거……."

뒤에서 그 모습을 보고 있던 미친개가 말까지 더듬었다. 적연은 눈살을 찌푸렸다.

"제대로 말해라."

"검경(劍勁)……."

미친개는 넋이 나간 표정으로 간신히 입을 뗐다. 적연의 얼굴에 놀랍다는 빛이 번졌다.

"저것이 검경인가?"

들어본 적은 있다. 검에 내공을 집중시켜 검 밖으로 유형의 기운을 뻗어내는 경지.

어찌 보면 검강과 착각할 수도 있지만 그 파괴력에 있어서는 크나큰 차이를 보일 수밖에 없었다.

적연의 표정이 굳어졌다.

"어떨는지는 모르겠지만."

검경이란 것은 오늘 처음 보았다. 하지만 적연의 본능이 위험하다는 경고를 하고 있었다.

"피할 수는 없잖아?"

스르릉.

적연은 검을 뽑아 들었다. 짜여진 극본대로 얻기는 했지만 적가의 보검인 적혈검이 처음으로 적연의 손에서 실전을 목전에 두고 있었다.

'가라.'

적연은 의식을 검으로 집중시켰다. 이윽고 기운이 검으로 이동하기 시작했다.

우웅!

"……!"

적연의 눈이 크게 치켜떠졌다. 기운은 적연의 의지대로 검으로 이동했다. 하지만 일반적으로 검에 내공을 주입하는 것과는 다르다.

말 그대로 이것은 내공이 아닌 대자연의 기운이었으니까. 문제는 그럼에도 불구하고 검명이 울렸다는 것이다.

'가만… 나는 이것을……'

쉬가아악!

상념에 빠져 있던 적연이 화들짝 놀라며 옆으로 비켜섰다.

파르르!

적연의 눈 옆으로 시퍼런 불꽃이 지나갔다.

콰드득!

불꽃이 적연이 서 있던 지면을 우그러트리며 지나갔다. 순식간에 반 척 깊이의 도랑이 생겨 버렸다.

꿀꺽.

절로 침이 꿀꺽 삼켜졌다. 어마어마한 파괴력이다.

묵인풍은 비웃음 섞인 표정으로 적연을 바라보다가 입을 열었다.

"쥐새끼처럼 피하지 말고 정면으로 맞서라!"

승기를 잡았다고 생각한 탓일까. 묵인풍의 어조에 호기가 묻어 나오고 있었다.

"널 죽인 뒤 병사들을 이끌고 무림맹을 치겠다!"

피식.

적연의 입가에 희미한 미소가 지어졌다. 그것이라면 이미 상관책이 움직이고 있었다. 아마 지금쯤 모두 제압당해 있을 것이다. 숫자는 큰 상관이 없다. 수뇌부가 제압된 이상 놈들은 아무짝에도 쓸모없는 오합지졸에 불과하다.

지금 중요한 것은 눈앞에 마주 서 있는 묵인풍이었다.

'치잇.'

적연은 입를 꽉 물며 검에 더욱 의식을 집중시켰다. 그 와중에 아까 끊어졌던 생각을 마무리 지었다.

'그래, 나는 이 기운을 무공과 다르다고 생각했다. 의도적으로 분리시킨 거지.'

이 떨림은 누가 보더라도 검명이었다. 의식을 발에 보내 경공을 펼쳤던 것도 그러하다. 그 역시 경공술이 아니던가.

'나도 저것을 쓸 수 있지 않을까? 아니면 그 이상의 경지를?'

문제는 어떻게 쓰느냐다.

검기니 검명, 경공술은 말만 들어보았을 뿐 실제로 눈으로 목격한 것은 무림에 와서다.

그간 경공을 쓴 것도 자신이 생각해서 나름의 방식대로 행해본 것이 아닌가. 그렇다면 결론은 간단하다.

적연은 검집을 잠시 바라보다가 검을 그 안으로 밀어 넣었다. 그리고 계속해서 검끝으로 기운을 집중시켰다.

덜덜덜덜!

검이 검집과 부딪치며 떨기 시작했고 적연은 힘을 가해 검을 더욱더 검집에 밀어 넣었다. 검끝에 응축된 기운이 점점 팽창하고 있었다. 자칫 손을 놓치면 그대로 검이 검집에서 쏘아져 나갈 것 같았다.

"크윽……!"

적연의 한쪽 눈이 찡그려졌다. 밀어내는 힘이 점점 강해져 이제는 버틸 수가 없을 지경이었다.

"타앗!"

때마침 묵인풍이 다시금 검을 휘둘렀고 있는 힘을 다해 밀고 있던 적연이 검을 뽑은 것은 동시였다.

……!

검집에 빠져나온 적혈검이 공기를 베었다. 물론 바람을 가르는 파공성 따위는 없었다. 완벽한 무음!

다만, 검날에는 덧씌워진 붉은 빛이 검이 휘둘러지는 이동 경로를 따라 하나의 얇은 선을 형성시켰을 뿐이다.

우웅! 우웅!

적연은 멍한 표정으로 휘두른 적혈검을 바라보았다. 검날에는 하나의 붉은 빛이 덧씌워져 있었다.

"혀, 형님? 모, 몸이……?"

적연은 검을 쥐지 않은 손을 들어보았다. 붉은 빛은 팔에도 덮여 있었다. 아니, 팔뿐만이 아니었다. 몸 전체였다.

미친개가 보기에 적연은 몸 전체가 불타고 있는 것 같은 착각마저 들었다.

적연은 가만히 고개를 들어 묵인풍을 바라보다가 한 가지 특이한 점을 발견했다. 자신이 검을 휘둘렀을 때 형성된 선이 아직도 선명히 묵인풍과 그 뒤에 도열해 있던 무사들을 수평으로 가르고 있었다.

쏴아아!

처음으로 묵인풍 검경이 허공으로 산화되었고 뒤이어 선에 걸쳐져 있던 검날이 잘려 바닥으로 떨어졌다.

그 다음은 묵인풍과 악주묵가의 무사들의 몸이 걸쳐져 있던 선을 따라 갈라지기 시작했다.

처음 땅에 떨어진 것은 양팔과 병장기였고 그 다음이 몸통이었다.

"이, 이런 말도 안 되는……."

묵인풍은 눈을 부릅뜬 채 말을 끝맺지도 못하곤 마찬가지로 가슴팍 위쪽이 잘려 바닥에 흩어졌다.

"……."

적연은 무심한 표정으로 그 모습을 바라보았다.

따지고 보면 묵인풍은 차라리 나은 편이었다. 뭐라 말이라도 할 수 있었으니 말이다.

악주묵가의 무사들은 공격은커녕 말 한마디도 못한 채 그자리에 서 있다가 몸통이 잘려 바닥으로 흩어졌다.

그제야 선이 조금씩 희미해지더니 소멸하듯 사라졌다.

"아아……."

이 믿을 수 없는 장면에 미친개는 뒤로 주춤주춤 물러서며 고개를 내저었다.

하나의 선. 그리고 그 선을 따라 있는 모든 것이 잘렸다.

"말도 안 돼… 이건 말도 안 돼."

이 충격적인 광경에 지법사자들 역시 동요한 표정이다.

단 일검.

일검에 절정고수와 수백의 무사들이 저항 한 번 하지 못하고 죽었다.

여기서 특이한 점은 몸이 절단되었음에도 불구하고 피가 뿜어져 나오지 않았다는 것이었다.

마치 상처 부위를 불로 지진 것처럼 절단면은 흉측하게 우그러져 있었다.

그 말인즉슨 초고온의 선이 몸통을 베며 순간적으로 절단면을 지져 버렸다는 뜻이었다.

미친개를 비롯해 지법사자들의 시선이 집중된 곳은 적연의 뒷모습이었다. 이미 그들에게 적연은 인간이 아니었다.

이른바 절정에 이른 고수들을 분류할 때 두 부류로 나눈다.

절정고수와……

미친개가 쥐어짜듯 입을 열었다.

"…초절정고수."

절정고수는 인간으로서 극한에 이른 자들을 말한다. 하지만 초절정고수는 한마디로 인간의 범주를 넘어선 초인을 일컫는 말이었다.

적연의 이 한 수야말로 초인이 아니면 행할 수 없는 경지였다. 일검에 수백의 목숨을 쥐락펴락할 수 있는.

꿈꺽.

미친개와 지법사자들이 침을 삼켰다.

＊　　　＊　　　＊

같은 시각.

황성봉가에서도 같은 상황이 벌어지고 있었다.

"내, 내 손이! 내 손이!"

황성봉가의 장로인 봉리추와 현 가주 봉불평은 바닥에 주저앉아 찢어지는 비명성을 터뜨리고 있었다.

율무극은 싸늘한 눈으로 자신의 발치 앞에 놓인 잘린 두 개의 손을 바라보았다. 봉리추와 봉불평의 것이었다.

"더 이상 검은 잡지 못하겠군."

봉리추와 봉불평의 공격은 매서웠다. 결국 이리 되고는 말았지만.

뒤에 서 있던 임지령은 놀란 눈빛으로 율무극의 뒷모습을 바라보고 있었다. 그가 알기로 율무극은 분명 양팔의 신맥이 잘려 검을 잡지 못한다고 들었다. 더욱이 한쪽 다리마저 없는 상태.

"뭐, 뭐야?"

도대체 어떻게 된 상황인지 인식을 할 수가 없었다. 율무극의 움직임을 놓쳤다는 표현이 맞으리라.

무언가 번쩍하더니 봉리추와 봉불평의 손이 잘렸고 상황은 일단락되었다.

"뭐가 어떻게 된 거지?"

아무리 생각해도 알 수가 없는 임지령이었다.

*   *   *

상관책은 고개를 끄덕이며 적연의 보고서를 들여다보고 있었다.

오대가신가문이 그간 저질러온 모든 부정한 일이 꼼꼼히 정리되어 있었다. 또한 강제 수색에 대한 결과도 말이다.

"묵인풍이 죽은 것은 의외였어."

묵인풍만이 아니었다. 그 뒤에 도열해 있던 삼백의 정예 무사들도 죽었다.

적연의 단 한 수에 당한 것이다.

'혈선강기.'

검의 궤적에 따라 하나의 선이 형성되고, 그 안에 있는 모든 것들이 잘린다. 적가의 혈선강기가 분명하리라.

상관책은 입술을 꽉 깨물었다.

빠르다. 너무도 빠르다.

적연의 성장 폭은 상관책의 예상을 가볍게 뛰어넘고 있었다.

"적풍대주가 맹주님을 뵙길 원하고 있습니다."

"양반은 못 되는군."

상관책은 상념을 접고 입을 열었다.

"들라 하라."

문이 열리며 적연이 걸어 들어왔다.

"맹주님을 뵙습니다."

"보고서는 잘 보았네."

적연은 가볍게 예를 취했다. 상관책은 눈살을 찌푸렸다.

"묵인풍을 죽일 것까지는 없었지 않나?"

"모든 권한을 위임한다 분명 맹주님이 저에게 말씀하셨지요. 아닙니까?"

상관책의 안색이 일렁였다.

"맹주님의 직권으로 내려진 강제 수색을 막아선 것은 묵가였습니다. 책망을 받을 이유가 없습니다만?"

아무런 대꾸도 할 수가 없었다. 틀린 말이 아니었기 때문이다.

적연은 비릿한 미소를 지으며 입을 열었다.

"어제저녁 해월가와 무한진가, 천룡회의 가주와 장로 및 가솔들이 도주했습니다."

"……?"

"파검소 기주 해월령은 곧바로 잡아들여 감금했습니다만, 동오장 봉유경과 서오장 진현우는 이미 도주한 상태였습니다. 아무래도 각기 가문들에게 언질을 넣은 것이겠지요."

상관책이 눈을 크게 뜨며 적연을 바라보았다.

"하긴 감시병들로 그들을 막을 수 있다고는 생각지 않았습니다. 어떻게 하시겠습니까?"

사실 황성봉가와 악주묵가는 끝났다고 봐야 한다.

황성봉가의 경우에는 장로와 가주가 모두 손을 잃었으며, 악주묵가는 실질적인 지배자라 할 수 있는 묵인풍이 죽었기 때문이다.

이제 남은 것은 세 개의 가문뿐이었다.

"…그런가?"

상관책은 잠시 적연을 바라보다가 미간 사이를 손으로 매만졌다.

"토벌대를 파견해야 하지 않겠습니까?"

"자네가 시작한 일이니 끝을 맺게."

"예."

"그리고 이들 가문들과 내통한 곳의 처리는 어찌시겠습니까?"

소림과 무당, 청성, 남궁세가를 이르는 말이었다. 오대가신가문은 이들에게 새로운 맹주 직을 미끼로 던져 놓은 상태였다.

"일이 너무 커지는 것은 바라지 않아."

"조용히 봉문 조치시키십시오."

상관책의 이마에 주름이 잡혔다.

"…그것은 내가 결정하네."

"죄송합니다."

적연은 예를 취했다. 하지만 얼굴에는 '어차피 내 말대로 하게 될 겁니다'란 표정이었다.

상관책은 기분이 좋지 않았다. 적연에게 주도권을 빼앗긴 듯한 느낌이 들었기 때문이다.

"최대한 빠르게 잡아들이게."

"그건 그렇고, 불법 무력 단체들은 어찌 되었습니까?"

이 점만큼은 상관책에게 맡겼던 부분이었다.

"으음……."

상관책의 얼굴이 가볍게 찌푸려졌다. 그는 턱을 매만지며 입을 열었다.

"나머지 네 곳은 제압했지만 묵가는 놓치고 말았네. 이미 사라진 상태더군. 아무래도 한발 먼저 빼돌린 모양이지?"

다른 사설 병력은 속전속결로 제압했지만 악주묵가는 놓쳤다.

"장로가 죽었는데 누가 수장입니까?"

"묵초풍일세."

"묵초풍?"

잠시 기억을 더듬던 적연은 이내 그 이름을 생각해 냈다. 비무대회에서 자신에게 떡이 되도록 맞은 녀석이었다. 놈이 천삼백에 이르는 무사들을 이끌고 홀연히 사라진 것이다.

"곤란하게 되었군요."

"그렇지. 아무래도 그 수가 천삼백이니. 하지만 우리 쪽에서도 발빠르게 추적 중이니 조만간 좋은 소식이 오겠지."

"그렇다면 저는 어쩔까요?"

"일단은 수뇌부부터 잡는 것이 먼저야."

"알겠습니다."

적연은 예를 취하고 뒷걸음질로 맹주전을 나섰다.

싸늘한 뇌옥에 앉아 있는 해월령은 넋이 나가 있었다. 평소처럼 집무실에서 앉아 있다 갑자기 들이닥친 지법사자들에게 연행당한 것이 어제저녁이었다.

어떻게 된 상황인지, 또 왜 자신이 이러고 있어야 하는지 알수가 없었다.

단지 한 가지 아는 것은 해월가를 비롯한 오대가신가문에 무언가 큰일이 일어났다는 것뿐이었다.

뚜벅뚜벅.

규칙적으로 들려오는 발걸음 소리는 해월령에게 아무런 주의도 끌지 못했다. 하지만 뒤이어 들려온 목소리는 달랐다.

"여어."

"아?"

고개를 들어보니 감옥 창살 밖으로 적연이 서 있었다.

"다, 당신!"

해월령이 황급히 몸을 일으키려다가 앞으로 푹 꼬꾸라졌다. 내공을 제압당하고 양손과 발이 묶여 있음을 잠시 잊었다.

"흐으윽!"

여린 신음성도 잠시였다. 해월령이 적연에게 시선을 주며 하소연했다.

"뭐가 어떻게 된 거죠?"

“반역.”

해월령의 눈이 크게 치켜떠졌다. 그녀라고 왜 눈치가 없겠는가. 자신, 정확히는 가문을 지칭하는 것을 알고 있었다.

“그럴 리가 없어요.”

“사실이오.”

적연의 표정은 차갑기만 했다. 해월령은 고개를 떨궜다. 이런 상황에서 누가 허튼소리를 하겠는가?

“…무슨 반역이오?”

적연이 무뚝뚝한 어조로 오대가신가문의 혐의를 쭉 읊어주었다. 얼마나 시간이 지났을까. 이야기가 끝났을 무렵 해월령의 얼굴은 새하얗게 질려 있었다.

“그, 그럴 수가…….”

“이미 증거도 모두 확보해 두었소.”

해월령은 고개를 떨궜다.

“난… 어떻게 되는 거죠?”

왜일까.

처음의 동요되었던 어조가 차분하게 가라앉았다. 적연은 그 모습을 잠시 바라보다가 무겁게 닫혀 있던 입을 열었다.

“아직 결정된 것은 없소. 뭐라 말해줄 수 있는 상황이 아니군.”

“우리 가문은요?”

“토벌대가 편성되었소. 곧바로 추적에 들어갈 거요.”

“당신은요?”

“내가 주축이오.”

해월령의 고개가 들려졌다. 얼굴에 씁쓸한 미소가 드리워져 있었다.

"웃기네요."

"……?"

"당신이 내 가문을 이렇게 만들 줄은 몰랐어요. 내가 데려온 당신이… 얄궂다고 생각하지 않아요?"

"그렇군. 하지만 예정된 것이기도 했지."

적연은 쪼그리고 앉아 창살 안으로 손을 뻗었다.

스윽.

더러워진 해월령의 머리 위로 적연의 손이 얹어졌다.

"애초부터 당신과 나는 적이었소."

"그게 무슨 소리죠?"

해월령이 영문을 모르겠다는 표정으로 물어왔지만 적연은 더 이상 자세히 대답하지 않았다. 단지 뇌옥을 나서며 이 말만 을 했을 뿐이었다.

"곧 알게 될 거요. 그리고 당신은 날 원망하겠지? 아니, 분노 하겠지."

저벅저벅.

감옥을 나선 적연은 고개를 들어 밤하늘을 올려다보았다.

"복수는 복수를 낳는다… 인가?"

입가에는 씁쓸한 미소가 걸려 있었다.

第二十七章

추적

龍
劍風

킁킁.

갈림길 앞에서 바닥에 코를 박고 냄새를 맡던 미친개가 몸을 일으키더니 왼쪽 협곡으로 내달리기 시작했다.

"뒤따라라!"

적연은 점점 멀어져 가는 미친개를 바라보며 내달리기 시작했다. 그 뒤로 임지령과 삼백에 이르는 특수 무력 단체 파마대(破魔隊)가 따랐다.

"거의 다 따라잡았습니다."

"그런가?"

미친개는 히죽 웃었습니다.

"형님, 역시 제 능력은 엄청나지요?"

"그래그래."

적연은 '또 시작이냐?' 란 표정으로 고개를 끄덕여 주었다. 물론 대답은 건성건성했다.

눈치없는 미친개는 이맛가에 손을 얹으며 호탕하게 웃어젖히기까지 했다.

"음하하하! 제가 아니었다면 이렇게 수월하게 뒤쫓지 못했을 거예요. 역시 난 대단해."

"군말 말고 어서 가자."

"…예."

이렇게 핀잔을 한 번씩 줘야 조금은 조용해진다. 어차피 잠시뿐이지만 말이다.

토벌에 나선 지 벌써 보름이 지났다.

발빠르게 움직인 탓에 무한을 나서고 이틀 만에 천룡회를 잡아들일 수 있었다. 물론 그곳이야 전문적인 무가가 아니었으니 수월한 면도 있었다. 하지만 문제는 무한진가와 해월가였다.

각기 양 갈래로 갈라지는 바람에 시간이 지체되었고, 보름여간의 추격 끝에 무한진가와의 거리를 이만큼이나 좁힐 수 있었다.

예상대로라면 곧 무한진가와 맞부딪치게 될 것이다. 그리고 이내 저 멀리 한 무리의 사람들이 보였다.

무한진가의 녀석들이다.

"진형을 갖추고 뒤따라라!"

적연의 외침에 임지령이 파마대의 속도를 늦추고 진형을 가다듬었다.

"먼저 간다."

적연은 발걸음에 더욱 속도를 붙이며 앞으로 쭉 치고 나갔다. 그 순간 도망치던 무한진가의 무리들이 멈춰 섰다. 도망쳐 봤자 소용없음을 깨달았기 때문이다.

무리의 맨 앞으로 나선 것은 무한진가의 가주 진사빈이었다.

"덤벼라!"

"흥!"

적연은 콧방귀를 뀌며 자세를 잔뜩 낮추고 더욱 속도를 붙였다.

핑!

진사빈의 검이 바람을 가르며 적연을 향해 날아들었다. 적연은 피하지 않았다.

캉! 하는 소리와 함께 진사빈의 검이 적연의 반탄지기에 튕겨 나갔다. 크게 치켜떠진 진사빈의 눈.

"안 돼!"

그 모습을 뒤에서 보고 있던 진석성이 손을 뻗었지만 헛수고였다. 적연의 몸통이 진사빈의 가슴을 들이받았다.

쿵!

묵직한 타격음과 함께 진사빈은 실 끊어진 연처럼 날아가 땅바닥에 처박혔다.

"네 이놈!"

무리 속에 있던 진현우가 분노해 앞으로 튀어나왔다. 진석성이 말릴 새도 없었다.

"타앗! 죽어라!"

제법 강맹한 기세로 적연을 향해 검을 휘둘렀지만 아비인 진사빈도 손을 쓸 수 없었던 적연이다. 상대가 될 리 만무했다.

우적!

"커훅!"

적연은 진현우의 공격을 가뿐하게 피해낸 후 두 손가락을 곧게 펴 단전에 박아 넣었다.

"크아악!"

단 일수에 단전이 파괴된 진현우가 바닥을 뒹굴었다.

"진 가가!"

봉유경이 안타까운 외침을 토해냈다. 황성봉가가 그리되었음을 알고 진현우와 도망쳤지만 상황은 점점 악화일로를 걷고 있었다.

"가라!"

때를 놓치지 않은 임지령이 파마대를 향해 명했다.

"우와아!"

갑옷으로 무장한 삼백의 파마대가 쭉 늘어선 채 창을 들고 달려들었다. 이것이 바로 무서운 점이었다.

보통의 무림인들은 갑옷을 입지 않았으나 파마대는 달랐다. 군대처럼 갑옷을 입은 채 창을 들었고 허리춤에는 검까지 매여져 있었다.

더욱이 파마대는 무림맹의 특수 무력 단체. 개개인의 무공 수준들도 상당하니 엇비슷한 전력이라면 일방적인 학살전이 될 수밖에 없었다.

협곡 안은 순식간에 비명과 피가 난무하고 있었다.

"우와아!"

파마대의 대원 한 명이 창을 들고 진석성에게 달려들었다.

"놈!"

진석성이 노성을 토해내며 단칼에 파마대원을 베어버렸다.

"후욱! 후욱!"

진석성은 거친 호흡을 토해내며 눈동자를 굴리고 있었다.

"나를 찾나?"

"죽여 버리겠다!"

적연의 목소리가 들리기가 무섭게 진석성이 공격을 감행했다.

피잉!

날카로운 검이 파공성을 내며 적연을 향해 일직선으로 찔러들어왔다. 통할 리가 없었지만.

따당! 하는 소리와 함께 검이 부러지며 진석성이 뒤로 다섯 걸음을 물러섰다.

쩌억!

채 중심을 잡기도 전에 적연의 일장이 진석성의 가슴에 찍혔다.

"커헉!"

진석성이 눈을 부릅뜨며 뒤로 벌러덩 자빠졌다.

"쿨럭! 쿨럭!"

일장에 내상을 입은 진석성이 격한 기침을 토해냈고 검붉은 피가 울컥울컥 솟아 나왔다.

"후우."

적연은 가볍게 숨을 고르며 진석성에게 다가왔다.

"꽤나 애먹이군."

진석성은 체념한 듯 바닥에 대 자로 누워 눈을 깜박였다.

"이제 당신은 끝났소."

"어떻게 이토록 단기간에……."

불과 몇 달 전 비무대회에서만 볼 때에도 이 정도는 아니었다. 한데 어떻게 이럴 수가 있는가. 어떻게 일초도 버티질 못하느냔 말이다.

"나도 놀라울 따름이오."

적연은 무표정한 얼굴로 진석성을 내려다보다가 말을 이었다.

"과연 내가 얼마만큼 강해질 수 있을까?"

대답할 수 있을 리가 없다. 진석성이 주먹을 말아 쥐었다.

"너희 적가 놈들은 언제나 그래 왔어."

결코 좁혀질 수 없는 차이.

그래, 진석성에게 적운은 그러한 존재였다.

"할 말은 그게 끝이오?"

적연은 팔짱을 낀 채 말한 뒤 주위를 둘러보았다. 어느새 상황은 거의 마무리가 된 상태였다.

봉유경을 비롯한 남은 무한진가의 무사들이 저항하고 있었지만 무의미함을 알고 있었다. 적연은 가볍게 몸을 돌려 걸음을 옮겼다.

잠시 후 상황은 끝났다.

적연은 임지령에게 시선을 주었다.

"너는 이들을 무림맹으로 압송해."

"대주님은 어쩔 생각이십니까?"

"난 곧바로 해월가의 뒤를 쫓는다."

"알겠습니다."

임지령은 파마대 오십 명과 잡아들인 무한진가의 가솔들을 이끌고 무림맹으로 돌아갔다.

"이제 해월가만 잡으면 끝인가?"

적연은 가볍게 한숨을 내쉬다가 미친개를 바라보았다. 추적이 가능하냐는 무언의 물음이었다.

미친개는 고개를 내저었다.

"무리예요. 어디로 갔는지조차 모르잖아요."

"이 근처에 무림맹 지부가 있나?"

"예. 의창 지부입니다."

"그쪽으로 가자. 정보가 와 있을 거야."

이런 상황을 대비해 율무극을 해월가 쪽으로 돌려놓았다. 당하지 않았다면 연락을 취해놓았을 것이다.

무림맹 의창 지부에 당도하자 적연의 예상대로 율무극에게 서 연락이 와 있었다.

"섬서성에 들어섰다?"

삼 일 전에 들어온 소식이다. 그렇다면 지금쯤 섬서성의 성도인 서안에 도착했을 터.

'그렇다면 천상 감숙성에서야 마주칠 수 있게 되겠는데. 어?'

문득 적연이 턱을 매만졌다.

'어디로 도망치려는 생각이지?'

감숙이라면 세 가지 도주로가 있다.

하나는 청해성으로 숨어드는 것.

'그건 아니야.'

청해성은 엄청난 고산 지대다. 그렇다면 신강?

적연은 고개를 내저었다. 신강 전체는 배화교의 영역권이니 갈 리가 없다. 그렇다면 남은 곳은…….

'대막.'

적연의 입가에 비릿한 미소가 지어졌다.

"대막이란 말이지?"

*　　　*　　　*

감숙성 평란에서 율무극과 만날 수 있었다.

"하서 회랑을 타지 않고 요녕 쪽으로 올라갔다더군요."

적연은 그럴 줄 알았다는 표정으로 고개를 끄덕였다.

"하서 회랑에서 놈들을 찾는 것은 불가능에 가까워."

적연의 말에 같은 대막 출신인 미친개가 고개를 끄덕였다.

"그렇지요."

사실 하서 회랑은 극악의 자연환경이라고밖에 말할 수 없었다. 대부분이 사막 지대고 녹주(오아시스) 지대는 드물기 그지없었다. 하지만 가장 중요한 것은 하서 회랑의 길이가 이천 리에 그 너비만 하더라도 좁은 곳은 백 리에서 가장 넓은 길의 폭이 이백오십 리에 이른다는 사실이었다. 하나의 분지나 다름없는 그곳에서 그들을 어찌 찾을 수 있겠는가.

"나라면……."

적연은 눈을 빛내며 지도의 한 곳을 가리켰다.

"중녕에서 성벽 외곽으로 돌아서 대막에 가겠어."

"하긴 그쪽은 강이 있으니까요."

미친개가 맞장구를 쳤다. 적연은 미소를 짓다가 입을 열었다.

"지금이 딱 그 시기지?"

적연의 물음에 미친개가 잠시 날짜를 세어보다가 히죽 웃으며 고개를 끄덕였다.

"예, 확실히 그렇네요."

"그럼 되었어."

너무도 확고한 말에 율무극이 물었다.

"뭔가 믿는 구석이 있으십니까?"

"놈들은 결코 대막에 들어설 수 없을 거야."

적연은 단지 은은한 미소를 지을 따름이었다.

　　　　　*　　　　　*　　　　　*

　"헉… 헉……!"

　해월문과 해월산을 비롯한 해월가의 가솔 삼십여 명은 쏟아지는 뙤약볕을 맞으며 걷고 있었다.

　가도 가도 끝이 없는 사막.

　"카악! 퉤!"

　해월문이 모래가 섞인 침을 토해냈다.

　"입 안이 까끌까끌하군요."

　옆에서 걷고 있던 해월산이 고개를 설레설레 저었다. 입술이 바짝 말라 갈라진 해월문은 묵묵히 걸음을 옮겼다. 입을 열수도 없었다. 호흡을 하면 여지없이 모래가 섞여 들어왔기 때문이다.

　검은색 천으로 얼굴을 가렸지만 모두 걸러지는 것은 아니었다.

　"언제까지 가야 합니까?"

　가솔들이 물었지만 해월문이 대답할 수 있을 리가 없었다. 이유는 간단하다. 자신도 몰랐다.

　"일단 가자."

　해월문은 무겁기 그지없는 발걸음을 옮겼다.

　"물… 물 좀……."

　삼장로인 해월공이 바짝 마른 입술로 물을 찾았다. 하지만 이미 물은 떨어진 지 오래였다.

처음 도주할 때의 오십 명 중 이제 남은 이는 삼십여 명에 불과했다. 더욱이 과반수 이상은 언제 쓰러져도 이상하지 않을 정도의 상태.

"막막하구나."

해월문의 노안이 일그러졌다.

"우리의 과욕이 부른 대가인지도……."

그러나 지금 가장 중요한 것은 해월가를 존속시키는 것이다.

잡힐 수는 없다. 만약 그렇게 된다면 멸문은 불 보듯 뻔한 것이니까.

인과응보였다.

요녕의 북서에 자리 잡은 중녕(中寧)에 도착했을 때 살아남은 해월가의 가솔들은 십여 명에 불과했다.

장로인 해월문과 가주 해월산, 그리고 몇몇 장로와 가솔들이 다였다. 하지만 눈앞에 황강(黃江)이 보인 것만으로 기뻤다.

대자연의 잔혹한 척결 앞에 자신이 산 것만도 감지덕지한 마음이었기 때문이다.

황강가에 자리 잡은 중녕은 온통 회족 천지였다.

말이 통하지 않는 것은 아니었지만 복식이나 모든 면이 너무도 달랐다.

객점에 들어간 해월가 일행이 의자에 앉아 그간의 시름을 잊을 무렵이었다. 맞은편에 앉아 있던 회족 청년 하나가 해월문에게 흥미를 느꼈는지 은근한 어조로 물어왔다.

"중원 사람들이십니까?"

"그러네."

해월문은 선선히 고개를 끄덕여 주었다.

"보아하니 관광차 오신 것은 아닌 듯싶은데… 어디로 가시는 길입니까?"

가주인 해월산이 얼굴을 찡그렸다. 너무도 힘들어 대답하기도 귀찮았기 때문이다. 그때 장로 중 한 명인 해월공이 입을 열었다.

"대막으로 가네."

"대막이요?"

회족 청년의 안색이 대번에 찡그러졌다.

"왜 그러는가?"

"지금 그곳에는 갈 수가 없습니다."

"음? 그게 무슨 뚱딴지같은 소린가?"

해월문이 다급한 마음에 물었다. 지금은 한시라도 빨리 대막으로 도망쳐야 했다. 그런데 갈 수가 없다는 소리를 들으니 그럴 만도 했다.

"용권풍이 불어올 시기거든요."

"용권풍?"

들어본 적은 있다. 용권풍이란 사막에서 부는 모래폭풍을 이르는 말이었다.

"고작 모래폭풍이 아니던가?"

"고작이라니요."

회족 청년은 천만에 말씀이라는 표정으로 펄쩍 뛰었다.

"여기의 모래폭풍은 바람이 강하고 모래가 많이 섞여 있어요. 작년에는 마을 하나가 흔적도 없이 사라졌을 정도라고요."

"…그 정도인가?"

해월문의 표정이 굳어졌다. 현재 해월가의 가솔들은 체력적으로 많이 약화되어 있는 상태였다. 만약 회족 청년이 말한 것이 사실이라면 이동하는 데 있어 상당히 차질이 있을 수밖에 없었다.

"하지만 가야 합니다."

뒤에서 그 이야기를 듣고 있던 해월산이 안광을 빛내며 말했다. 차라리 용권풍을 뚫고 나아가는 것이 낫다는 뜻이었다. 해월문 역시 고개를 끄덕였다.

"좋은 정보는 고맙지만 우리는 가야겠네."

"여러분들께서 용권풍을 실제로 보셨으면 절대 그런 이야기는 못하세요."

마음씨 좋은 회족 청년은 몇 번이고 해월가 일행들을 설득했지만 소용이 없었다. 결국 고개를 설레설레 내저으며 '그렇다면 마음대로 하십시오' 라 말했다.

"이곳에서 대막까지는 얼마나 걸리는가?"

"걸어서 이틀이오. 하지만 용권풍이 부니 족히 서너 배는 더 걸릴 겁니다."

"서너 배라……."

해월문은 막막한 표정으로 말끝을 흐렸다. 하지만 이미 결론은 내려졌다. 간단하게 끼니를 때우고 가죽 수통에 물을 가득 채운 뒤 서둘러 길을 재촉했다.

"용권풍이 불면 모여서 천을 뒤집어쓰고 바닥에 납작 엎드리세요!"

회족 청년의 마지막 외침이 해월문의 마음을 더욱 무겁게 만들었다.

그리고 근심은 곧 현실이 되어 나타났다.

"용권풍이다!"

중녕을 나서 반나절 정도를 걸었을 무렵 맨 선두에서 걷던 가솔 한 명이 사색이 된 얼굴로 외쳤다.

콰우우우!

저 멀리 거대한 황톳빛 소용돌이가 몰려오고 있었다.

족히 높이가 오십여 장에 너비는 육안으로 확인이 안 될 정도였다.

"모두 모여서 엎드려!"

해월문이 다급하게 외치며 바닥에 납작하게 엎드려 천으로 얼굴을 덮었다.

이윽고 거대한 용권풍이 해월가를 덮쳤다.

용권풍이 지나간 사막의 지형은 바뀌어져 있었다. 모래 언덕이 새로 생겨났고 하늘은 언제 그랬냐는 듯 열기를 뿜어내고 있었다.

들썩.

모래 한편이 들썩였다.

그렇게 몇 번을 들썩이던 모래에서 해월문의 머리가 튕겨 올라왔다.

"허억! 허억!"

해월문은 거친 숨을 몰아쉬더니 연신 침을 뱉으며 입 안에 가득한 모래를 뱉어냈다.

파악!

이윽고 하나둘 자신의 몸을 덮고 있던 모래를 헤치며 일어섰다.

"모두들 무사한가?"

해월문의 물음에 가솔들이 신속하게 인원을 파악하기 시작했다.

"다, 다섯이 빕니다."

잠시 후 해월산이 절망스런 어조로 입을 열었다.

해월문은 고개를 떨궜다. 모래폭풍에 날려갔거나 모래에 파묻혀 질식사했을 것이다.

"시신을 찾아라."

시신을 수거하겠다는 생각은 꿈에도 하지 않는다. 필요한 것은 그들이 가진 물 주머니였다. 이곳을 지나려면 물이 필요하기 때문이다.

잠시 후, 두 구의 시신만을 찾을 수 있었다. 나머지 세 명은 휩쓸려 날아갔으니 찾을 방도가 없었다.

"물 주머니를 챙기거라."

해월문의 말에 가솔들이 눈물을 흘리며 죽은 찾은 시신이 가지고 있던 물 주머니를 챙겼다. 슬프기는 하지만 어쩔 수 없다. 산 사람은 살아야 하니까.

해월문은 가지런히 누운 두 구의 시신을 바라보며 착잡한 어조로 중얼거렸다.

"이렇게 덥고 건조하니 시신이 부패하지는 않겠구나."

단지 말라비틀어질 뿐.

"후우."

해월문의 노안이 일그러졌다.

중녕에서 만났던 회족 청년의 말이 계속해서 머릿속을 맴돌았다. 결국 해월문이 입을 열었다.

"우회를 하도록 하자. 이 이상 희생을 늘릴 수는 없어."

"알겠습니다."

용권풍이 생각나자 몸서리가 쳐졌는지 해월산이 단번에 고개를 끄덕였다.

중녕을 떠나고 사흘이 지났다.

해월산은 입을 벌린 채 물 주머니를 거꾸로 세웠다.

똑… 똑…….

두 방울의 물이 혀끝을 적셨다.

파악!

답답하고 화난 마음에 해월산이 물 주머니를 모랫바닥에 내던졌다. 고작 두 방울로는 타는 목을 적실 수가 없었다.

"이보게, 가주."

해월문이 비척거리며 다가와 물 주머니를 건넸다.

"약간은 남았네."

"장로님……."

해월산은 고개를 떨궜다. 울컥하는 마음을 내비친 것이 부끄러워 견딜 수가 없었다.

"어쩌다가 이렇게 된 것입니까?"

"글쎄……."

"차라리 이럴 바에야……."

"헛된 생각은 하지도 말게."

해월산의 마음이 약해졌음을 눈치 챈 해월문이 엄한 어조로 질책했다.

"죄송합니다."

"마음을 강하게 가지세나. 이 늙은이와 가주가 살아 있는 한 해월가는 끝나지 않아."

"예, 장로님."

일단 대답은 했지만 어조에는 힘이 없었다. 반쯤 체념한 것이다.

"후우."

해월문은 몰래 한숨을 내쉬며 고개를 설레설레 저었다.

"요, 용권풍?"

그때 장로 중 한 명인 해월공이 사색이 된 얼굴로 외쳤다.

"뭣?"

해월문과 해월산의 얼굴이 일그러질 대로 일그러졌다. 우회를 한다고 했는데 또 마주쳐 버렸기 때문이다.

"모두 한곳에 모여!"

해월가 사람들의 움직임이 바빠졌다. 최대한 서로의 몸을 밀착시키고 바닥에 납작 엎드렸다. 조금이라도 희생자의 수를 줄이기 위한 방편이었다.

콰우우!

거대한 모래 바람이 해월가의 사람들을 덮쳤다. 하지만 한 번 경험해서일까. 이번에는 희생자가 나오지 않았다.

"다행이야."

해월문은 옷 안으로 파고든 모래를 빼내며 안도의 한숨을 내쉬었다.

"정말입니다."

해월산 역시 조금은 힘을 얻은 표정으로 고개를 끄덕였다. 희생자가 나오지 않은 것이 그의 용기를 북돋았다.

"그렇지 않습니까, 삼장로님?"

해월산이 빙그레 웃으며 삼장로인 해월공에게 시선을 돌렸을 무렵이었다.

"…아."

해월공은 한곳을 응시하고 있었다.

"어딜 그리 보십니까?"

"저곳을 보게."

해월공이 사막 한 켠을 손으로 가리켰고, 해월산의 시선이 그쪽으로 향했다.

"사람?"

틀림없었다. 저 멀리 두 사람이 이쪽으로 걸어오고 있었다. 거리가 멀기는 하지만 틀림없었다.

"정말 사람이구나!"

해월문이 미소 띤 얼굴로 외쳤다. 중녕을 지나고 나흘 만에 처음 본 사람이었다. 더욱이 지옥과도 같은 사막에서 보았으니 그 반가움은 더할 수밖에 없었다.

하지만 그것도 잠시였다.

점점 거리가 좁혀져 오고 다가오는 사람들의 얼굴을 확인한 순간 해월문이 눈을 부릅떴다.

"그동안 잘 도망치셨습니까?"

미친개가 손을 흔들었다. 그 옆에 선 적연은 가벼운 미소를 띠고 있었다.

"어, 어떻게……!"

해월문은 믿기지 않는다는 표정으로 고개를 내저었다.

적연은 해월문을 바라보며 입을 열었다.

"어제 점심때부터 기다렸습니다."

"말도 안 돼……."

해월산은 그럴 리 없다는 얼굴이다. 적연은 팔짱을 끼며 입을 열었다.

"용권풍을 뚫고 오느라 고생 좀 했지요."

그랬다.

적연은 해월문을 잡기 위해 최단거리를 선택했고, 그곳은 용권풍이 쉴 새 없이 몰아치는 지대였다.

"결국에는 잡히셨습니다?"

"어떻게… 어떻게……."

"제가 대막 출신임을 잊으셨습니까?"

"아!"

해월문이 자신의 아둔함을 탄식했다. 적연이 대막 출신임을 왜 생각지 못했을까.

"각오하시지요."

적연의 말이 끝남과 동시에 저 뒤에서 율무극이 파마대를 이끌고 모습을 드러냈다.

"도망칠 곳은 없습니다."

"그렇군."

솔직히 말하자면 도망칠 힘도, 생각도 없다.

해월문은 해월산에게 시선을 주었다.

"아무래도 우리 해월가는 이곳에서 명을 달리할 모양이외다."

"장로님."

"욕심히 과했던 게야."

해월문은 침울한 어조로 중얼거리며 검을 뽑았다.

"어차피 놈을 이길 방도가 없다."

적연의 적룡반탄공은 모든 공격을 튕겨낸다.

"애초부터."

승산이 없는 싸움이었다.

"나도 참 미련하구나."

해월문은 쓸쓸한 미소를 흘리다가 검을 거꾸로 쥐더니 목에 박아 넣었다.

푹! 하는 소리와 함께 검이 해월문의 목을 관통했다.

"……!"

적연의 눈썹이 꿈틀거렸다. 설마 자살을 택할 줄은 몰랐기 때문이다.

푸슉!

피가 분수처럼 솟아올랐고 해월문이 바닥에 무릎을 꿇었다.

찍! 찍!

폭포수 같은 분출은 멎었지만 이따금씩 피가 찍찍 바깥으로 삐져 나왔다. 어느새 해월문이 무릎을 꿇은 주위의 모래가 붉게 물들었다.

"장로님!"

해월산의 안타까운 외침이 뜨거운 사막을 울렸다.

*   *   *

그 시각, 배화교의 교주 백무혁은 인상을 잔뜩 찡그리고 있었다.

"적가… 적가란 말이지?"

"분명 그러했습니다."

광명우사의 말에 백무혁은 침음성을 삼켰다. 적가의 망령이 다시금 돌아올 줄이야.

"우리 배화교는 과거 적가로 인해 너무도 큰 손실을 입었다."

소교주와 광명좌사가 배화교에서 나갔다. 그때의 아픔은 아직까지도 백무혁의 가슴 한편을 아리게 만들고 있었다.

"무림맹과 더불어 적가는 우리의 주적이지."

"그렇습니다."

"광명우사, 내 말뜻이 뭔지 알겠나?"

광명우사는 이마를 땅바닥에 찍었다.

"빠른 시일 내에 적연을 없애겠습니다!"

"어떤 희생을 치르더라도 상관없다. 아직 무림맹과의 일전은 여유가 있는 상태. 그 안에 적가의 애송이를 없애는 데 초점을 맞춘다."

"명을 받들겠습니다!"

광명우사가 크게 외쳤다.

뿌득.

백무혁은 이를 으득 갈았다.

第二十八章
그 후,
그리고 상관책의 속셈

龍
劍風

　정파무림은 말 그대로 발칵 뒤집혔다. 무림맹을 지탱하던 오대가신가문의 역모가 만천하에 드러났기 때문이다.

　천하가 술렁이는 가운데 무림맹의 대응은 무척이나 신속했다.

　그간 적연이 잡아들인 오대가신가문의 인물들을 추궁한 결과 모든 진술을 받아낼 수 있었다.

　이제 남은 것은 남은 이들의 처벌 정도를 결정하는 일이었다. 또한 오대가신가문에게 맹주 직을 제안받았던 무당, 화산, 청성, 그리고 남궁세가는 적연의 예상대로 오 년간 봉문 조치되었다. 치부를 드러내지 않겠다는 조건하에 받아낸 은밀한 약속이었다.

"오대가신가문은 역사 속으로 사라지겠군요."

적연의 말에 상관책은 가볍게 고개를 끄덕였다.

"자네가 고생이 많았네."

상관책은 미소를 지으며 적연을 치하했다.

'여우 같은 늙은이.'

적연은 눈살을 찌푸렸다. 상관책은 이미 결과를 예상했다는 듯 움직였다. 그렇기에 이토록 빠른 시간 내에 처리를 할 수 있었다.

이토록 오랜 기간 동안 때를 기다렸고, 적연이란 대항마를 이용해 단번에 휘몰아쳐 깔끔히 정리한 것만으로도 보통 인물이 아니다. 하지만 가장 무서운 것은 절대 자신의 손을 더럽히지 않았다는 점이었다.

눈치가 빠르고 결단력도 있으며 사람을 적당히 이용할 줄도 안다.

역시 맹주는 아무나 하는 것이 아니다란 생각이 들었다.

"그건 그렇고, 묵초풍의 건은 좀 마음에 걸리는군요."

"으음……."

상관책이 침음성을 삼켰다. 곧 잡을 수 있을 것이라 생각했던 묵초풍은 결국 잡히질 않았다.

어찌 된 일인지 묵초풍과 천삼백의 무사들이 감쪽같이 사라진 것이다.

"지금으로서는 아무런 장담도 할 수 없는 상황이 되었군. 골치 아픈 일이야."

"하지만 언젠가는 나타나게 될 것입니다."

"그렇겠지."

그럴 수밖에 없었다. 묵초풍의 입장에서 적연과 상관책은 원수였다. 언젠가는 꼭 복수를 하기 위해 모습을 드러낼 것이다.

일단 묵초풍의 이야기를 접은 상관책이 적연에게 시선을 주며 빙그레 웃었다.

"이제 자네는 어찌할 텐가?"

"예?"

"이번 일로 인해 자네는 유명 인사가 되었네."

"그렇군요."

"행동함에 있어 신중에 신중을 기하게."

'알아서 기어라… 이 뜻인가?'

상관책의 숨은 속내를 못 알아챌 리가 없었다.

"이만 나가보겠습니다."

"어서 가서 쉬게."

적연은 가볍게 예를 취하며 맹주전을 나섰다.

달칵.

문이 닫히고 넓은 대전에 홀로 남게 된 상관책의 눈가가 어느새 음습하게 가라앉았다.

"너무 커졌군."

상관책 자신이 의도한 바도 있었지만 이 정도까지 되리라고는 생각지 못했다. 그것은 얼마 전부터 든 생각이었다.

언뜻 보기에는 상관책의 의도에 따라 충실히 움직여 주는 듯했지만 그 속내를 모를 리가 없었다.

'필히 위험 요소가 되겠지.'

그렇다면 결론은 간단하다.

상관책은 의미심장하게 웃으며 이마를 매만졌다.

그리고 맹주전을 걸어나온 적연은 천천히 걸음을 옮기며 팔짱을 끼었다.

"방비를 해야겠군."

조그만 중얼거림.

적연은 눈을 빛내며 걸음을 옮겼다.

해월령의 몰골은 지저분하기 그지없었다. 장기간 감금되어 있었으니 그럴 수밖에 없었다.

"그간 잘 지냈소?"

익숙한 목소리. 해월령의 눈이 가늘어졌다. 얼굴에 깃든 감정은 극렬한 분노였다.

"왜 왔나요?"

분노가 극에 이르니 오히려 목소리가 차분했다.

적연은 쓸쓸한 미소를 지었다.

"내가 미운가 보군."

"그럴 수밖에요. 내 가문을 풍비박산 낸 원수 앞에서 어찌 미소를 지을 수 있겠어요."

그러더니 이내 고개를 푹 떨궜다.

"하지만 할 말은 없네요. 수치스러워요."

해월령 역시 해월가를 비롯한 오대가신가문이 행한 추악한 일을 낱낱이 알게 되었다.

비록 적연에게 화는 나지만 부끄러운 마음도 마찬가지로 들었다.

"언제 형이 구형되죠?"

"조만간."

"나는 죽게 되겠군요."

적연은 고개를 내저었다.

"아마 그리되지는 않을 거요."

해월령이 고개를 들었다.

"어째선가요?"

"다만 남은 생을 뇌옥 안에서 보내게 되겠지."

피식.

해월령의 입가에 쓸쓸한 미소가 번졌다.

"차라리 죽는 게 나아요."

"과연 그럴까?"

"……?"

"죽는다고 모든 일이 해결되나? 차라리 살아서 때를 기다리는 게 낫지."

"그게 무슨 뜻이죠?"

"언젠가는 당신의 가문을 멸문시킨 무림맹과 나에게 복수를 해야지."

적연의 말에 해월령은 가만히 고개를 내저었다.

"의미없어요."

해월가의 악행은 사실이었고 자신은 엄연히 죄인이었다. 해월령은 그 사실을 인정했다. 정확히 말하자면 복수를 할 수가 없었다. 할 이유도 느끼지 못했고.

해월령이 눈을 지그시 감자 적연은 눈살을 찌푸렸다.

"이만 가겠소."

"다시는 오지 말아요."

멈칫.

적연의 발걸음이 멈춰졌다. 그는 가만히 고개를 돌려 눈을 감고 있는 해월령을 응시했다.

"비록 우리 가문이 죄를 받아 마땅하기는 하지만 나도 사람이라서 그런지 당신 얼굴을 보고 싶지가 않네요."

"……."

"어서 가요. 그리고 다시는 오지 말아요."

"이제 내가 할 일은 끝난 건가?"

적연의 중얼거림에 지여선이 고개를 끄덕였다.

"당분간 쉬시는 것이 어떨까요?"

"황산에 한번 다녀와야겠어."

적연의 말에 율무극이 몸을 일으켰다.

"저도 같이 가겠습니다."

말릴 이유가 없다. 적연은 가볍게 뒷짐을 지다가 한숨을 내쉬었다.

"돌아가셨을 리가 없지."

분명 그들은 마굴을 벽력탄으로 무너뜨렸다고 했다. 하지만 적연은 믿지 않았다. 절대로 살아 계실 것이다.

그날 저녁, 적연은 율무극과 함께 황산으로 떠났다.

"흐음……."

상관책은 가볍게 눈살을 찌푸리며 침음성을 흘리고 있었다.

"놈을 어떻게 해야 하나?"

나지막하게 중얼거리던 중이었다.

"맹주님."

때마침 들려온 목소리에 상관책이 가볍게 고개를 들었다.

"나오너라."

스슥.

명이 떨어짐과 동시에 한 사내가 모습을 드러냈다. 흑발을 길게 늘어뜨린 차가운 인상의 삼십대 사내였다.

"맹주님을 뵙습니다."

사내는 예를 취하더니 품에서 서신 하나를 꺼내 상관책에게 건넸다.

"이게 무슨… 음?"

순간 상관책의 눈이 크게 치켜떠졌다.

"이건?"

서신을 보낸 이는 뜻밖의 인물이었다.

"자신의 안전을 확보해 달라고 요구하더군요."

"흐음……."

"어찌할까요?"

사내의 물음에 상관책은 빙그레 미소를 지었다.

"요구를 받아들인다 전하거라."

"알겠습니다."

사내는 예를 취한 뒤 다시금 어둠 속으로 사라졌다. 상관책의 입가에 차가운 미소가 걸렸다.

예상치 못한 인물이 자신에게 손을 내밀어온 것이다.

*   *   *

스윽.

적연은 자신의 발치에 놓인 돌을 집어 들었다.

눈앞에는 커다란 바위들이 마굴 입구를 막고 있었다.

"아아!"

율무극은 망연자실한 표정으로 그 자리에 서 있을 뿐이었다. 적연은 무거운 한숨을 내쉬었다.

"파낼 수가 없겠군."

벽력탄으로 동굴 전체를 파괴시켰다. 이래서야 나올 수도 들어갈 수도 없다.

"하지만 아버지는 살아 계셔."

확신이었다.

율무극이 심란한 마음을 추스르며 고개를 끄덕였다.

"맞습니다. 가주님이 벽력탄 따위에 돌아가실 리가 없지요."

마음 같아서는 당장이라도 들어가 확인해 보고 싶지만 그럴 수가 없음을 안다.

예전 적연이 들어갔을 때 동굴 입구에서 마굴이 있는 곳까지 반 시진가량이 걸렸다. 그만큼 엄청난 길이라는 소리다.

두 사람의 힘으로는 불가능하다.

잠시 뒷짐을 진 채 바윗더미를 바라보던 적연이 입을 열었다.

"인부들을 사야겠어, 되도록 많이."

"명을 받들겠습니다, 소가주님."

율무극을 예를 취했다.

"아?"

바깥에서 아이들과 놀아주고 있던 한산이 적연을 발견하고는 다가왔다. 내려오는 길에 예전에 들렀던 낭인촌에 들른 것이다.

"오래간만이오."

"그렇군."

"그렇잖아도 당신을 찾고 있었소."

한산이 무거운 표정을 지으며 입을 열었다. 얼마 전 큰 폭발음이 있었고 가보니 마굴이 무너져 있더라는 말이었다.

"그렇군."

이미 알고 있는 이야기였다.

"저분은?"

한산은 적연의 뒤에 서 있는 율무극을 바라보고 있었다.

"율무극이라 합니다."

"처음 뵙겠습니다. 한산이라 합니다."

한산은 율무극에게 예를 취하고는 적연을 이끌었다.

"들어가십시다. 술 한잔 대접하겠소."

적연이 고개를 내저었다.

"가봐야 해."

"그렇소?"

한산은 서운한 표정이었다. 짧은 만남이기는 했지만 퍽 적연이 마음에 들었기 때문이다.

"부탁 하나 하지."

"뭐요?"

"인부를 사서 마굴을 파내려 해. 그대가 가끔씩 올라가 봐줬으면 좋겠는데."

적연의 부탁에 한산은 흔쾌히 고개를 끄덕였다.

"그게 무에 어려운 것이라 부탁씩이나 하오? 걱정 마시오."

"고맙네."

그제야 적연의 입가에 희미한 미소가 번졌고 한층 가벼워진 마음으로 무한에 돌아올 수 있었다.

                    *   *   *

　빠르게 달려 무한으로 돌아온 적연은 성내에 들어가 걷다가
한 갈림길에서 멈췄다. 하지만 그것도 잠시, 적연은 다시금 걸
음을 옮기기 시작했다.

　"소가주님?"

　율무극은 적연을 바라보며 고개를 갸웃거렸다. 무한에 들어
왔으니 맹으로 돌아가야 하건만 엉뚱한 방향으로 걸음을 옮기
고 있었기 때문이다.

　"자네는 먼저 돌아가 있게. 잠시 들를 곳이 있어."

　"알겠습니다."

　율무극은 군소리하지 않고 맹으로 돌아갔다. 그가 가는 방
향 저 멀리 붉은 홍등을 내건 건물들이 보였다.

　"곧 돌아올 겁니다. 오대가신가문이 사라지면……."

　갑자기 서희의 말이 생각났다. 적연은 천천히 걸음을 옮겼
다.

　'이쯤이면 돌아왔겠지?'

　적연의 예상과는 달리 불탔던 취화정은 아직 복구가 되질
않았다. 도편수들이 열심히 공사를 하고 있었지만 적연의 기
대감을 무너뜨리는 데는 충분했다.

　"아직 돌아오지 않은 모양이군."

적연이 가볍게 고개를 내저으며 몸을 돌리려는 찰나였다.

"적연님이시죠?"

도편수들에게 이것저것 지시를 내리던 사내가 적연에게 물어왔다.

"그런데?"

"지부장님을 만나뵈러 오신 겁니까?"

지부장이면 서희를 이르는 말이었다. 적연은 고개를 끄덕였다.

"제가 모시겠습니다."

"그녀가 돌아왔나?"

"예."

사내는 빙그레 미소를 지었다.

그의 안내를 받아 간 곳은 불탄 취화정에서 얼마 떨어지지 않은 홍선각이란 기루였다.

"여기는?"

"임시 지부입니다."

"그렇군."

적연이 사내를 따라 홍선각의 내실 앞에 섰다.

"적연님을 모시고 왔습니다."

"안으로 모셔라."

문밖으로 은은한 어조가 흘러나왔다. 문을 열고 안으로 들어가자 면사를 하지 않은 맨 얼굴의 서희가 단아한 자세로 앉아 있었다.

"이리로 앉으시지요."

서희의 안내에 따라 적연이 상석에 자리를 잡고 앉았다.

"언제 돌아왔소?"

"얼마 되지 않았습니다."

적연은 피식 미소를 지었다.

"그간 많이 유명해지셨더군요."

찻잔을 들던 적연이 서희에게 시선을 한 번 주고는 이내 아무렇지도 않다는 표정을 지었다.

"별호도 생기셨어요."

"별호?"

"모두들 적연님을 사신이라 불러요."

적연은 멀뚱한 얼굴이다. 설마 별호가 생겼을 줄은 몰랐기 때문이다. 더욱이 사신이라니.

"죽음의 신이라……."

"묵가에서의 일이 결정적이었어요."

적연의 일검에 묵가의 장로인 묵인풍을 비롯해 수백의 무사들이 죽어나갔다. 아무래도 그 일이 바깥으로 알려진 모양이다.

"그렇군."

적연은 고개를 끄덕이며 차를 한 모금 마셨다. 잠시 후 곱게 차려입은 여인들이 술상을 가지고 들어왔다.

서희는 적연의 앞에 놓인 잔에 술을 따르며 살포시 눈웃음을 지었다.

"제가 모신다고 약속드렸죠?"

적연은 피식 웃었다.

"맛이 좋군."

"고급 술이니까요."

"이런 술… 먹어본 적 없소."

"그래요?"

"내가 있던 곳에서 마시던 술은 이곳에 비하면 보잘것없었지."

"대막에서 말인가요?"

멈칫.

적연은 서희를 바라보았다. 서희는 빙그레 미소를 지었다.

"하오문의 정보력을 잊으셨나요?"

은근한 어조에 적연의 입가에 희미한 미소가 번졌다.

"어디까지 알고 있소?"

"적연님이 적가의 후손이라는 것 정도?"

"그렇군."

적연은 히죽 웃다가 서희에게 시선을 주었다.

"위에서 뭐라 지시가 내려왔소?"

"적연님과 가까워지라더군요, 수단과 방법을 가리지 말고."

"솔직하군."

적연은 어깨를 으쓱였다. 서희가 입가를 가리며 조용히 웃었다.

"어차피 적연님도 어느 정도는 눈치 채고 계신 것이 아니었던가요?"

"과도한 친절과 유혹. 눈치 못 챌 이유가 없었지."

"한 잔 더 받으시지요."

서희는 어느새 빈 적연의 잔에 술을 채워주었다.

꿀꺽.

적연은 단번에 잔을 비운 후 서희에게 건넸다.

"그대도 한 잔 받으시오."

서희는 빙그레 웃더니 잔을 받고 조금씩 술을 마셨다.

그렇게 얼마나 시간이 지났을까. 어느덧 서희의 얼굴이 붉게 물들어 있었다. 거듭해서 술잔을 주고받다 보니 취기가 올라온 탓이었다.

가만히 서희의 얼굴을 들여다보던 적연이 무슨 생각이 들었는지 짓궂은 표정으로 물었다.

"수단과 방법을 가리지 말라 내려왔는데, 어떻게 나와 가까워질 거요?"

"가장 보편적인 방법은 이성 관계로 발전하는 건데, 적연님에게는 통하지 않을 것 같아요."

서희는 활짝 웃었다.

"그래서 아직 고민 중이랍니다."

"그렇군."

적연이 고개를 끄덕이자 서희는 짐짓 볼을 부풀리며 투덜거렸다.

"이만하면 괜찮지 않나요?"

술을 마신 영향인지 말투와 뾰로통한 표정이 귀엽다.

"그게 본래 성격이오?"

"예."

"가끔씩 술친구나 해주시오. 그것이면 족해."

서희는 배시시 미소를 지었다.

"그래요. 일단 친구로 시작해요."

"…아무래도 내 말뜻을 잘못 알아들은 것 같군."

＊　　　＊　　　＊

서희와의 술자리를 끝내고 맹으로 돌아왔을 때 제갈여진이 사색이 된 얼굴로 적연에게 다가왔다.

"령이를 살려주세요!"

다짜고짜 적연을 붙잡고 늘어졌다. 의아한 표정을 짓는 것도 잠시 이윽고 그녀의 말뜻을 알아들을 수 있었다.

"형이 떨어졌나 보군."

아마도 오대가신가문에 대한 판결이 내려온 것이리라. 그리고 그녀의 다급한 표정으로 미루어보아 수위는 극형이었다.

"어째서지?"

맹주는 극형까지는 생각지 않고 있는 눈치였다.

'제길.'

적연의 황급한 발걸음이 맹주전으로 향했다.

상관책은 한 달 만에 돌아온 적연을 반갑게 맞아주었다.

"돌아왔는가?"

단번에 상관책의 면전 앞까지 들이닥친 적연이 안광을 빛내며 입을 열었다.

"이게 어찌 된 일입니까?"

"들었나 보군."

상관책의 어조는 침착하기만 했다.

"죽이지 않으신다 하지 않았습니까?"

"어쩔 수가 없었네."

상관책은 턱을 손으로 매만지며 천천히 입을 열었다.

"무당과 소림, 청성, 그리고 남궁세가의 뜻이네."

"입을 막으려는 속셈이로군요."

그들은 오대가신가문에게 무림맹주 직을 권유받은 사실을 묵인해 주는 조건으로 봉문을 허락했다.

그러한 사실이 새어나갈 경우 전 무림으로부터 경멸을 받을 것은 뻔했기 때문이다. 그들의 입장에선 오대가신가문의 사람이 살아 있는 것 자체가 부담스러울 수밖에 없었다.

"그래서 받아들이셨습니까?"

"그렇네."

"그렇다면 결국 맹주님은 그 자리 그대로 답보하신 셈입니다."

오대가신가문을 처리했더니 이제는 다른 문파들에게 휘둘린 셈이 아닌가.

상관책의 입가에 씁쓸한 미소가 머금어졌다.

"집행은 언제입니까?"

"내일 새벽 해뜰 무렵."

적연은 예의도 취하지 않은 채 거칠게 몸을 돌려 대전을 나섰다.

처소로 돌아왔을 때 적연을 기다리고 있는 것은 초조한 표정의 제갈여진이었다.

"어떻게 되었나요?"

"……."

적연은 아무런 대답이 없었다. 제갈여진의 표정이 굳어졌다.

"령아를 죽게 내버려 두실 건가요?"

"……."

"어떻게 그럴 수가 있어요? 그래도 한때는 우리와 생사고락을 함께했던 동료잖아요!"

날카로운 제갈여진의 말에 적연은 아무런 대꾸도 않았다.

"당신한테 실망했어요."

차라리 뭐라 변명이라도 해주길 바랐다.

"흑!"

제갈여진은 눈물을 왈칵 쏟으며 달려나갔다.

"후우."

적연은 한숨을 내쉬며 애꿎은 머리카락을 거칠게 흐트러뜨렸다.

"괴로우신가 보군요."

율무극이 적연에게 걸어오며 말했다.

"봤나?"

"우연히두."

"그렇군."

적연은 씁쓸한 미소를 지었다.

"해월령이라는 여인. 해월가의 후손이겠군요."

"그래."

그렇기에 이렇듯 마음이 심란한 것일지도 모르겠다. 해월령은 해월가의 후손이니까. 하지만 한때는 자신의 동료이기도 했다.

"…마음 가는 대로 행하십시오."

"……?"

적연이 의아한 표정으로 율무극을 바라보았다.

"가주님이 산예님을 맞이할 때도 그랬지요. 마음 가는 대로……. 그럼 이만."

율무극은 자신의 할 말만 하고는 예를 취한 뒤 물러났다.

"마음 가는 대로라……."

적연은 의자에 앉아 마음 가는 대로란 말을 계속해서 되뇌었다.

'나보고 어떡하란 말이야?'

적연이 거칠게 머리를 흩트리며 고개를 푹 숙였다.

짹짹.

그 순간 새 우는 소리에 퍼뜩 정신을 차린 적연이 창문을 바라보았다.

어두움이 채 가시지 않은 새벽이었다.

"언제 시간이 이렇게 지난 거지?"

적연은 가볍게 고개를 흔들었다. 이제 잠시만 있으면 형이 집행될 것이다.

적가를 멸문시켰던 오대가신가문과의 악연이 끝나게 된다.

"그런데 어째서……."

어째서 이토록 마음 한편이 아려오는 것일까.

"좋아! 당신으로 정했어요."

처음 보았을 때는 정신 나간 여자가 아닌가 의심도 했었다.

"비 오잖아요. 우산 쓰고 와요."

그리고 천라지망의 급박한 상황에서도 적연이 비를 맞을까 우산을 건네줬었다.

"당신을 믿어요."

마지막으로 해월령은 적연을 믿어주었다.

"마음 가는 대로 행하십시오."

이 순간 율무극의 말이 뇌리를 스친 것은 왜일까.
벌떡.

"새벽이구나."
해월령은 창살 밖으로 조금씩 어두움이 걷히는 것을 바라보며 중얼거렸다.
어제저녁, 평소의 형편없던 식사가 아닌 고기 볶음과 흰 쌀밥이 나왔다. 해월령은 그것이 무엇을 뜻하는지 알고 있었다.
이승에서의 마지막 식사.
이제 잠시 후면 사람들이 와 자신을 끌고 나갈 것이다. 그리고 자신은…….
"흑."
갑자기 눈물이 볼을 타고 흘러내렸다.
"나도 참… 이게 웬 궁상이람."
억누르려 했지만 점점 더 눈물을 주체할 수가 없었다.
털썩.
그 순간 감옥의 창살 앞에 서 있던 자가 쓰러졌다.
"……?"
해월령은 눈물을 삼키며 고개를 들다가 눈을 동그랗게 떴다.

"여어."

그리고 들려온 목소리에 해월령의 몸이 한차례 부르르 떨렸다. 이 낯익은 목소리의 주인공은 바로.

"당신……?"

적연이었다. 그는 팔짱을 낀 채 해월령을 내려다보고 있었다.

"울었소?"

"우, 울기는 누가 울었다고."

해월령은 고개를 세차게 저으며 눈물을 털어냈다. 적연은 가볍게 쪼그리고 앉아 기절한 무사의 허리춤에서 열쇠 꾸러미를 꺼내 들었다.

"뭐 하러 온 거죠?"

"뭐 하러 오기는."

철컥. 끼이익!

문이 열리고, 적연은 안으로 얼굴을 들이밀며 말을 끝맺었다.

"당신을 탈옥시키러 왔소."

언제나처럼 어둠 속에서 나온 사내가 상관책에게 다가왔다.

막 세안을 마치고 옷을 갈아입은 상관책이 사내에게 시선을 주었다.

"맹주님."

상관책은 의자에 앉으며 입을 열었다.

"뭐지?"

"해월령이 탈옥했습니다."

눈빛이 흔들린 것은 찰나였다. 상관책은 눈을 빛내며 사내에게 물었다.

"…적연이가?"

"예."

상관책은 턱을 매만지다가 가볍게 고개를 끄덕였다.

"그렇군."

"어찌할까요? 쫓을까요?"

"아니, 되었다. 형은 예정대로 집행시키고 해월령이 탈옥했다는 사실은 알려지지 않도록 조치하거라."

"예."

스스슥.

명을 받은 사내가 다시금 어둠 속으로 스며들 듯 사라졌다.

"탈옥이라… 그렇게 나왔단 말이지?"

끼익.

의자 등받이에 깊숙이 등을 밀어 넣은 상관책의 입가에 희미한 미소가 지어졌다.

*   *   *

그 시각 서회는 의아한 표정을 지으며 적연을 바라보았다.

"또 뵙네요?"

"네 시진 만이로군."

어젯밤 적연과 술을 마셨던 서희였다.

"반갑기는 한데……."

말끝을 흐린 서희의 시선이 닿은 곳은 침상에 눕혀져 있는 해월령에게였다. 그녀는 기절한 상태였다.

"해월령 소저군요."

"그렇소."

"오늘 집행일이 아니었나요?"

적연은 고개를 끄덕였다.

"탈옥시키신 건가요?"

"뭐, 그렇게 되었소."

"제가 뭘 어떻게 해드리길 바라는 거죠?"

"당분간 맡아주시오."

서희는 눈살을 찌푸렸다.

"적연님께서는 언제나 무리한 부탁만 하시네요."

"흐음……."

적연도 머쓱했는지 침음성을 흘렸다. 그런 모습에 서희는 한숨을 내쉬더니 고개를 끄덕였다.

"알았어요."

"고맙소."

"그 대신."

"……?"

"한 가지 부탁이 있어요."

"그게 뭐요?"

적연의 물음에 서희는 잠시 주저하다가 고개를 푹 떨궜다. 술이 깬 탓인지 평소의 다소곳한 어조다.

"…그건 나중에."

"알겠소."

적연은 고개를 끄덕이고는 문을 나섰다.

"휴우."

서희는 한숨을 푹 내쉬며 고개를 설레설레 젓더니 침상에 누워 있는 해월령을 바라보았다.

"어떻게 유혹당했던 여자한테 여자를 맡길 생각을 하니? 적연 이 바보, 멍텅구리."

*　　　*　　　*

"뜻밖이로군."

상관책은 눈앞에 서 있는 적연을 바라보며 혀를 내둘렀다. 너무도 당당하지 않은가.

"설마 돌아올 줄은 예상치 못했네."

해월령을 탈옥시키고도 아무렇지도 않은 얼굴로 돌아온 적연을 두고 이르는 말이었다.

"그렇습니까?"

"자네는 머리가 나쁜 건가? 아니면 배짱이 두둑한 건가? 헷갈리네그려."

"이왕이면 배짱이 두둑하다고 말해주십시오."

"허허."

이쯤 되니 허탈한 웃음만 흘러나왔다.

"이건 분명 자네에게 득보다는 실이 되는 일일세."

"그 정도는 알고 있습니다."

"내가 덮어두리라 생각하는가?"

"당분간은 그러시리라 생각하고 있습니다."

'아직 제 이용 가치는 충분하지 않습니까?' 란 말은 입 밖으로 내지 않았다.

꿈틀.

상관책의 흰 눈썹이 일렁였다. 하지만 그것도 잠시, 이내 입가에 웃음을 띠었다.

"덮어두지."

"예."

"그 대가로 명을 내리겠네. 불만없지?"

"하명하십시오."

"어제 자네가 그랬지? 오대가신가문을 쳐냈지만 답보한 셈이라고."

분명 적연이 그랬었다.

"예."

"소림에 갔다 오게."

"예?"

"받아들이기는 했지만 봉문 조치를 내린 것에 불만이 많은 모양일세. 내통했던 장문들이 모인다더군."

"불만을 잠재우면 됩니까?"

상관책은 찻잔을 들며 고개를 끄덕였다.

"뭐, 그런 셈이지."

"그러지요.

적연은 예를 취한 후 맹주전을 나섰다.

"영악한 놈."

상관책은 방금 전 적연이 나선 문을 바라보며 중얼거렸다. 자신의 속뜻을 꿰뚫고 있었다.

아직 상관책에게는 적연의 존재가 필요했다. 그는 그것을 충분히 이용하고 있었다. 하지만 이 점만은 모를 것이다.

"이것으로 된 건가?"

"예."

어둠 속에서 한줄기 목소리가 들려왔다.

"아직까지는 그대의 예상대로야."

"일견 차가워 보이지만 정이 깊고, 냉철해 보이지만 불같은⋯ 아비를 꼭 빼닮았지요. 결국 그것이 자신을 수렁으로 빠뜨릴 것입니다."

"이제는 어쩌지?"

"다음 수를 진행시켜야지요."

"알겠네."

상관책은 고개를 끄덕였다.

처소로 돌아온 적연은 정원에 놓인 의자에 망연자실한 표정으로 앉아 있는 제갈여진을 발견하고는 다가갔다.

"잠을 못 잤군."

그녀의 충혈되어 있는 눈이 증거였다.

"잠을 잘 수 있을 리가 없잖아요?"

제갈여진의 어조가 냉랭했다. 아직까지 적연에 대한 화가 풀리지 않은 모습이었다.

적연은 피식 웃었다.

"살아 있소."

"......?"

이해를 하지 못하겠다는 표정. 적연은 다시 한 번 힘주어 이야기했다.

"살아 있다고."

벌떡.

그제야 적연의 말뜻을 알아챈 제갈여진이 의자에서 일어섰다. 적연은 제갈여진의 어깨를 가볍게 두드려 주었다.

第二十九章

소림사, 그리고 재회

龍
劍風

　아무런 감정도 드러나지 않는 얼굴의 일월이 고개를 들었다.

　허공 위를 빙글빙글 돌고 있는 비둘기의 모습을 발견했기 때문이다. 일월은 가만히 팔을 들었다.

　구구!

　비둘기가 한차례 날카롭게 울더니 일월의 팔에 내려앉았다. 전서구의 다리에는 서신이 묶여 있었다.

　"전서구군."

　일월은 천천히 손을 뻗어 서신을 끌러 안의 내용을 바라보았다.

적연, 숭산 소림사로 이동 중.

"소림사… 숭산……."

일월은 가만히 고개를 들었다. 성벽에는 커다랗고 또렷하게 무한이란 글자가 파여져 있었다.

"전서구가 너무 늦게 도착했군."

이미 무한에 도착했건만 목표물은 숭산으로 이동 중이란다. 한마디로 헛걸음을 한 셈이었다.

"……."

*　　　　*　　　　*

"숭산이라……."

율무극은 소실봉 계단을 오르며 이마에 솟은 땀을 닦아냈다. 옆에서 걷고 있던 적연이 고개를 끄덕였다.

"그래도 용케 잘 찾아왔군."

솔직히 말하자면 잘 찾아오고 자시고 할 것도 없었다. 누가 숭산의 위치를 모를 수 있겠는가.

소림사가 자리 잡은 곳이니 더 말할 나위가 없었다.

"저기 보이는군요."

저 멀리 계단 위로 소림사의 자태가 보이기 시작했다.

"그렇군."

적연은 가볍게 고개를 끄덕이며 위로 올라갔다.

"무슨 일로 오셨습니까?"

소림사의 문 앞을 지키고 있던 승려가 적연과 율무극을 맞이했다. 율무극은 가볍게 예를 올리고는 입을 열었다.

"무림맹에서 왔습니다. 여기."

율무극은 품에서 무림맹 소속임을 증명하는 패를 꺼내 보여주었다. 승려는 합장을 했다.

"안에 알리겠습니다. 잠시 이곳에서 기다리시지요."

"예."

율무극이 고개를 끄덕이자 승려가 곧장 안으로 들어갔다.

얼마나 지났을까. 안으로 들어갔던 승려가 바깥으로 나왔다.

"들어오시지요."

적연과 율무극은 안으로 들어갔다.

본전을 지나 방문객들을 접대하는 지객당 앞에 섰을 무렵이었다. 승려가 지객당 앞에 서서 안에다 대고 조심스럽게 물었다.

"무림맹의 분들을 모시고 왔습니다."

"안으로 모시거라."

끼이익.

허락이 떨어지고 승려가 문을 열어주자 적연은 율무극에게 시선을 주었다. 이곳에서 기다리라는 뜻이었다.

"알겠습니다."

율무극은 예를 취하며 그 자리에 섰고, 적연은 지객당 내부로 몸을 들여놓았다.

지객당 안에는 원형의 탁자가 놓여 있었는데, 네 명의 노인이 둘러앉은 채 적연을 응시하고 있었다.

적연은 네 노인을 쭉 둘러보며 생각했다.

'정중앙에 승복을 입은 자가 소림사의 방주인 원각 대사로군.'

적연은 짐짓 정중히 예를 취했다.

"적풍대주 적연이라 합니다."

술렁.

적풍대주란 이름을 듣자 네 명의 노인이 놀랍다는 표정으로 적연을 응시했다.

"자네가 적풍대주란 말인가?"

원각 대사의 오른편에 앉아 있던 청색 무복의 노인이 물어 왔다.

"그렇습니다. 죄송하지만 선배께서는……?"

"난 청성의 소초해일세."

소초해의 말이 끝나자 나머지 노인들도 각기 자신을 소개했다.

"무당의 청수일세."

"남궁천일세."

마지막으로 원각 대사가 온화한 미소를 지었다.

"난 원각일세."

"후배 적연이 노선배님들을 뵙습니다."

적연이 다시금 예를 취하자 남궁천이 흰 수염을 매만지며 놀랍다는 표정으로 입을 열었다.

"소문에 적풍대주가 젊다고는 들었지만 이 정도일 줄은 몰랐네."

"그렇습니까?"

적연이 희미하게 미소를 지었다. 그 모습을 바라보던 원각이 바깥을 향해 외쳤다.

"차를 한 잔 더 내오거라."

"예."

"이리로 앉게."

"그럼 실례하겠습니다."

적연은 원각의 맞은편에 자리를 잡고 앉았다.

"놀라셨습니까?"

"아미타불. 솔직히 말하면 그렇다네. 맹주에게 언질조차 받지 못했었네."

"그러셨군요."

적연은 눈동자를 차분하게 내리깔았다. 그 모습을 바라보던 원각 대사가 호기심 어린 표정을 지었다.

"그래, 무슨 일인가?"

원각의 물음에 적연이 가볍게 호흡을 고르고는 입을 열었다.

"맹주께서 선배님들을 뵙고 오라 명하셨습니다."

"이번 조치로 인해 불만이 많을 테니… 뭐, 그런 건가?"

남궁천의 단도직입적인 물음에 적연은 고개를 끄덕였다. 이미 속뜻을 꿰뚫고 있는데 빙빙 돌려서 말할 이유가 없다.

　"뭐, 그런 셈이지요."

　"우리는 오 년 동안 봉문을 해야 하네. 자네도 알다시피 오 년이라는 시간은 적지 않은 시간이지."

　"충분히 이해합니다."

　"솔직히 말하자면 우리는 녀석들에게 서신을 받은 것밖에 없네. 그것마저 죄라 하면 할 말은 없지만."

　적연은 피식 미소를 지었다.

　"저라면 그런 서신을 받은 즉시 맹주님께 알렸을 것입니다. 보통이라면 그래야지요."

　"……."

　"안 그렇습니까?"

　"으음……."

　남궁천이 침음성을 흘렸고 나머지 세 명은 입을 꼭 다물었다. 적연의 말은 틀린 것이 없었다.

　"그 말인즉슨 네 분 선배님들께서도 내심 맹주 직에 관심이 있으셨다……."

　"말이 노골적이군."

　"이렇게 생각할 수도 있습니다."

　소초해가 끼어들었지만 적연의 말은 멈춰지지 않았다. 기어코 자신의 말을 끝맺더니 네 명을 쭉 둘러보았다.

　"물론 바깥에서 볼 때 그리 오해할 수도 있다는 말씀입니다."

"흠흠!"

"현명하신 선배님들도 그 점을 아셨으니 봉문에 응하신 것일 테고요. 괜스레 긁어 부스럼 만들 필요는 없지 않습니까?"

'이런 영악한······!'

청성의 소초해는 저연을 바라보며 혀를 내둘렀다. 말솜씨가 상당하다. 다소 공격적이기는 하지만 반박할 수 있는 여지를 다 막아버리고 있지 않은가.

그간 오랜 세월을 살아오면 쌓은 연륜이 이 순간 다 무너지는 것 같은 느낌이었다. 그것도 고작 서른이 채 되지 않은 젊은이의 언변에 말이다.

"무량수불."

"말씀하시지요."

무당의 장문인인 청수 진인이 입을 열었다.

"분명 그렇게 보이리라는 것은 우리도 인정하네. 하지만 봉문을 한다는 것 자체가 죄를 인정하는 꼴이 아니던가? 우리는 그 점을 우려하고 있는 것일세."

적연은 고개를 끄덕였다.

"충분히 이해합니다. 갑작스런 봉문에 사람들이 이상하게 여기는 것은 당연하겠지요. 맹주님도 그 점을 유의하여 은밀히 봉문을 권유하신 겁니다. 절대로 이번 무림맹의 파문에 연관되는 일은 없을 것입니다."

"흐음······."

"차라리 확실히 하는 것이 낫겠군요."

적연은 품에서 자그마한 목갑을 꺼내 탁자 위에 올려놓았다.

"이 안에는 오대가신가문에서 수거한 증거품들이 들어 있습니다. 네 분 선배님들에게 각기 보냈던 서신들의 원본과 복사본들이지요."

순간 네 명의 눈이 크게 치켜떠졌다.

결국 문제는 저것이다. 저 증거품들만 없으면 모든 일을 덮을 수 있는 것이다.

"원하신다면 이 자리에서 태워 버리겠습니다."

꿀꺽.

"하지만."

"……?"

"뭔가?"

남궁천과 소초해가 초조함이 묻어 나오는 표정으로 적연을 바라보았다. 적연은 입가에 빙그레 미소를 지었다.

"대신 선배님들도 저에게 오 년간 봉문하겠다는 서약서를 한 장씩 써주셔야겠습니다."

"서약서?"

"이왕이면 확실한 것이 좋지 않겠습니까?"

적연은 어깨를 으쓱였다. 아무런 방비도 없이 일을 진행시키는 것은 미친 짓이다. 언제 다른 쪽에서 상황을 뒤집을지 알 수 없는 법이니까.

"써주시면 바로 선배님들 눈앞에서 이것을 태워 버리겠습니다."

적연은 가볍게 손바닥을 펼쳤다.

"크흠……."

그렇게 얼마나 지났을까. 원각 대사가 무겁게 고개를 끄덕였다.

"알겠네."

무림의 태산북두라는 소림사의 방장이 말했기 때문일까. 이내 나머지 세 명도 서약서를 쓰기로 했다.

이내 그들은 죽간에 오 년간 봉문하겠다는 서약서를 썼다. 적연은 죽간을 둘둘 말아 품에 넣고는 목갑을 건넸다.

"아무래도 직접 태우시는 것이 확실하겠지요?"

"그렇네."

남궁천은 고개를 끄덕이며 원각 대사에게 시선을 주었다. 원각 대사는 가볍게 손바닥을 펼치고는 눈을 감았다.

화르륵!

원각 대사의 손 위로 시퍼런 불꽃이 일어났고, 세 명의 노인이 감탄 어린 눈빛을 보냈다.

초고수들만이 가능하다는 삼매진화였다. 원각 대사는 손을 목갑 위에 올려놓았다.

화아악!

목재로 되었으니 타는 시간이 있어야 했지만 삼매진화는 달랐다. 목갑이 불길에 휩싸이더니 순식간에 재가 되었다.

'저것이 삼매진화로군.'

적연은 그 모습을 바라보다가 원각 대사에게 시선을 주었다.

'얄팍한 수를 쓰는군.'

강호에서 잔뼈가 굵은 노고수가 굳이 삼매진화로 목갑을 불태웠다는 것은 무언가 상징성이 있었다. 그것은 바로 적연에게 위압감을 심어주기 위함이었다.

그것을 모를 리 없는 적연이지만 얼굴에 아무런 감정도 드러내지 않은 채 단정히 앉아 있었다.

"이것으로 거래는 끝난 듯싶군요."

"아미타불. 그런 것 같네."

"그럼 전 이만 가봐야겠습니다."

"잠깐."

"예?"

적연이 의아한 표정을 짓자 원각 대사가 온화한 미소를 지었다.

"먼 길을 왔는데 그냥 가려 하는가? 오늘은 쉬고 가게."

"그래도 되겠습니까?"

"자네를 이렇게 보내면 우리 소림의 인심이 박하다는 소리를 들을까 그렇네."

부드럽지만 강한 뜻이 내포되어 있었다.

"그럼 오늘 하루만 신세를 지겠습니다."

귀엽게 생긴 동자승의 안내에 따라 지객당 한편에 자리 잡은 처소로 갔다.

"아미타불. 편히 쉬십시오."

동자승이 합장을 한 뒤 문을 닫았다.

"후우."

적연은 가볍게 한숨을 내쉬며 고개를 설레설레 저었다. 그때 율무극이 눈을 빛내며 적연의 옆으로 다가왔다.

"이상하군요."

적연이 고개를 갸웃거렸다.

"뭐가 말이지?"

"그들의 입장에선 우리는 눈엣가시입니다. 한데 왜 잡아둔 걸까요?"

"아무래도 격식이란 것이겠지."

무림 인사들은 무척이나 격식을 따진다. 솔직히 적연의 입장에서는 무의미해 보이는 것들이지만.

"아니면 또 다른 꿍꿍이가 있을지도 모르는 일이지요."

"그럴지도."

적연은 가볍게 고개를 끄덕였다. 그리고 율무극의 염려는 머지않아 들어맞았다.

"대련… 말입니까?"

율무극은 눈살을 찌푸렸다.

본전 앞 무승들이 수련을 하는 연무장에 네 명의 노고수가 서 있었다.

지객당에서 쉬던 적연을 불러내 뜬금없는 제안을 한 것이다.

"별것은 아닐세. 소문의 적풍대주가 어떤 인물인지 알고 싶을 뿐이니까."

태연자약하게 말하는 남궁천이었다.

'이런 속셈이었군.'

적연의 실력이 어느 정도인지 파악해 보고 싶다는 뜻이었다. 차후 자신들에게 위협이 될 만한 소지가 있는지를 말이다.

"어찌하시겠습니까?"

옆에 서 있던 율무극이 속삭이듯 물어왔다. 노기가 살짝 묻어 나오는 것을 보니 상당히 불쾌했나 보다.

"당연히 보여줘야지."

"이들이 노리는 바입니다."

"상관없다."

적연은 가볍게 어깨를 들썩이더니 앞으로 한 걸음 나섰다.

"노선배님들의 뜻에 따르겠습니다."

"고맙네."

낭궁천이 빙그레 미소를 지으며 원각 대사에게 시선을 주었다. 원각 대사는 고개를 끄덕이더니 좌중을 향해 외쳤다.

"나오거라!"

쏴아아.

순간 적연의 눈썹이 꿈틀거렸다. 등 뒤에서 무시 못할 느낌이 전해져 왔기 때문이다.

'이거……?'

부르르.

적연의 몸이 한차례 부르르 떨렸다. 그러한 느낌은 율무극 또한 받았다.

두 사람이 몸을 돌리자 네 명의 무승이 서 있었다. 율무극의 안색이 굳어졌다.

"사대금강……"

소림이 자랑하는 최강 무력 중 하나였다.

십팔나한과 사대금강이 그것이었다.

특히 십팔나한이 펼치는 나한진은 배화교가 자랑하는 십이 지천진과 더불어 무림을 대표하는 진법으로 고금을 통틀어 가장 강하다 알려져 있었다. 하지만 사대금강은 십팔나한과는 근본적으로 의미가 달랐다.

진법에 강점을 가지고 있는 십팔나한과는 달리 사대금강은 철저히 무력으로 승부를 본다. 개개인의 기량으로만 따진다면 십팔나한보다 강하다고 알려져 있었다.

척.

사대금강이 발걸음을 멈췄다. 적연과의 거리는 이 장여. 이 들에게는 언제든지 공격을 가할 수 있는 거리였다.

"아미타불."

그때 원각 대사의 불호가 울려 퍼졌다.

"대련인 만큼 내공을 배제한 순수한 체술로써 진행하지."

꿈틀.

적연의 짙은 눈썹이 흔들렸다.

내공을 배제한 순수한 체술이라.

'반쪽짜리…….'

현재 적연의 적룡반탄공은 내공에만 반응하는 상태였다. 그런데 원각 대사는 순수한 체술을 이야기했다.

'그러고 보니.'

통증을 느껴본 적도 상당히 오래된 것 같았다. 그럴 수밖에 없는 것이 그간 모든 공격은 이 반탄지기가 방어해 주었으니까.

적연의 가슴속 한편이 꿈틀거렸다.

그것은… 간만에 느껴보는 긴장감이었다.

"그러도록 하지요."

적연은 대답하며 사대금강을 쭉 훑어보았다. 언뜻 보기에도 엄청나리만치 강해 보인다.

특히 소림은 내공보다는 외공에 더욱 중점을 두는 곳. 그간 싸워온 무리들과는 다르다.

"그럼 시작하게."

원각 대사의 말이 끝나기가 무섭게 사대금강 중 한 명이 앞으로 나왔다.

"일 대 일입니까?"

적연이 힐끗 원각 대사를 바라보며 물었다. 하지만 대답을 들으려 한 것은 아니었다.

"그것도 좋겠지."

나지막한 중얼거림과 함께 펴져 있던 주먹이 말아 쥐어졌다.

뿌드득.

주먹이 쥐어지며 살과 살이 마찰되는 소리가 귓가를 파고들었다. 적연의 눈에 결연한 표정의 사대금강이 보였다.

슥.

먼저 발을 움직인 것은 사대금강이었다. 적연은 가볍게 옆으로 움직이며 거리를 쟀다. 둘의 거리가 조금씩 좁혀져 일 장에 이르렀을 무렵,

피빙!

사대금강의 주먹이 뻗어 나왔다. 적연은 재빨리 옆으로 한 걸음을 옮기며 공격을 피해냈다.

부앙! 하는 소리와 함께 사대금강의 주먹이 적연의 볼 옆을 스치고 지나갔다.

찌릿! 찌릿!

'크윽!'

적연의 눈이 찡그러졌다. 분명 옆을 스치고 지나갔음에도 느껴진 엄청난 풍압 때문이었다. 실로 어마어마한 권풍이었다.

파밧!

적연은 재빨리 몸을 낮추며 사대금강의 안으로 파고들며 복부에 일장을 박아 넣었다.

아니, 박아 넣었다고 생각했다.

'뭣?'

사대금강은 적연의 공격을 피해냄과 동시에 금나수의 수법

으로 손목을 잡아 쥐었다. 적연의 눈에 당혹스러운 빛이 번졌다.

콰!

"커흑!"

적연의 몸이 들썩였다. 사대금강의 백보신권이 적연의 복부에 정확히 작렬한 탓이었다. 내공이 담기지는 않았지만 그 위력이 얼마나 가공했는지 적연의 발이 한순간 허공으로 떴을 정도였다.

한순간 적연의 머리가 새하얘졌지만 재빠르게 정신을 차렸다.

'고작 한 번의 공격을 허용했을 뿐이다.'

적연은 입술을 깨물며 다리를 뻗었다.

쩡!

적연의 발등이 사대금강의 허벅지에 작렬했다.

텅!

하지만 이게 웬일인가. 도리어 적연의 발등에 엄청난 충격이 전해져 왔다.

찌릿찌릿!

적연은 눈가를 일그러뜨렸다.

'바위를 치는 것 같아.'

사대금강의 다리는 그야말로 바위와도 같이 단단했다. 당혹해하는 것도 잠시, 사대금강의 머리가 적연의 가슴팍에 작렬했다.

소림의 외문무공 중 하나인 철두공이었다.

"커헉!"

콰당!

적연은 뒤로 벌러덩 넘어졌다. 하지만 그 탄력을 이용해 곧바로 몸을 일으켰다.

내부가 진탕된 것 같은 느낌이다.

꿀꺽!

목까지 치솟아온 피를 삼키며 적연이 눈을 빛냈다.

이대로 끝낼 수는 없다.

쩡! 쩡!

적연의 다리가 사대금강의 허벅지를 계속해서 후려쳤고 그 효과가 조금씩 나타났다. 아무리 외공을 극한으로 단련했다지만 살과 뼈로 이루어진 사람의 신체이기 때문이다.

전설에서나 전해지는 금강불괴가 아닌 이상 충격이 쌓이는 것은 당연한 일이었다.

움찔!

사대금강의 얼굴이 일순간 일그러졌다. 적연은 다시 한 번 채찍을 휘두르듯 다리를 휘둘러 사대금강의 허벅지를 후려 찼다.

짝! 하는 소리와 함께 사대금강의 얼굴에 깃든 고통스러움은 더해져 갔다.

"크윽!"

사대금강의 입에서 짧은 신음성이 터져 나온 순간이었다.

그 순간 적연의 눈에 사대금강의 허점이 노출되었다. 찰나의 틈이라는 표현이 맞으리라.

'사람의 신체에는 단련되지 않는 부위가 있다. 그것은 바로……'

적연은 다시금 안으로 파고들며 팔꿈치로 사대금강의 명치를 찍어버렸다.

"카악!"

숨이 막힌 사대금강이 본능적으로 명치 부위를 손으로 감싸쥐었다.

'명치와……'

적연은 손바닥으로 턱을 올려쳤다.

으적! 하는 소리와 함께 사대금강의 머리가 뒤로 젖혀졌다.

'턱.'

사대금강의 검은 눈동자가 위로 말려 올라갔다.

털썩.

커다란 울림과 함께 첫 번째 사대금강이 꼬꾸라졌다.

"허억… 허억……"

적연은 숨을 헐떡이며 쓰러진 사대금강을 바라보았다.

"……!"

남궁천과 소초해, 청수 진인이 놀랍다는 표정으로 적연의 뒷모습을 바라보고 있었다. 그중에서 원각 대사는 놀라움을 넘어 당혹스러운 빛을 띠고 있었다.

설마 사대금강이 이토록 단시간에 쓰러지리라고는 생각지

못했기 때문이다.

다른 것도 아닌 외문무공이 무너진 것이 더욱 그러했다. 비록 금강불괴에 들지는 못했다 치더라도 엄청난 수련을 통해 육체를 단련했음에도 말이다.

스윽.

가장 왼쪽에 서 있던 사대금강이 일어섰다. 그는 적연을 바라보며 거침없이 걸어나왔다. 적연의 눈가에 음습한 기운이 돋아 나왔다.

'잊고 있었다.'

왜 잊고 있었을까.

언제부터 내공이란 것에 이토록 의지를 해왔던 것일까.

'나에게 있어 내공이란 것은 있으나마나한 것이었는데.'

육체적인 강함과 많은 실전으로 쌓은 경험, 그리고 치열함으로 살아왔다.

'무림에서 못된 것만 배웠어.'

그래.

쓰잘데기 없는 것이다.

번쩍!

적연의 안광이 폭사되었다.

'기세가 바뀌었다.'

율무극의 눈썹이 꿈틀거렸다. 자신의 온몸을 압박해 오는 이 섬뜩한 느낌은 살기다. 거칠기 짝이 없는.

이것을 뭐라 표현해야 할까.

'그래.'

먹잇감을 노리는 맹수가 뿜어내는 그것이었다.

놈들은 사람들처럼 인위적으로 살기를 끌어올리지 않는다. 그럴 필요가 없기 때문이다.

본래부터 가지고 있는 것이니까.

선천적인 것이니까.

그렇기에 더욱 섬뜩하다.

율무극은 적연의 뒷모습을 응시하다가 눈가를 찡그렸다. 똑바로 바라볼 수가 없었기 때문이다.

마치 살기에 온몸이 갈기갈기 찢겨지는 듯한 느낌이었다.

'살기 하나로만 따지자면 천하제일이군.'

율무극의 표현은 틀리지 않았다. 그간 살아오며 마주쳐 왔던 수많은 강적들을 모두 대입해 보더라도 이만큼 율무극을 압박해 온 경우는 없었다.

'단 한 명.'

율무극의 주군이자 적연의 아버지인 적운을 제외하고서는 말이다.

맹수의 자식은 누가 뭐라 하든 맹수다.

파악!

적연이 땅을 박차며 사대금강에게 달려들었다.

파밧!

사대금강이 쉴 새 없이 주먹을 날리며 품으로 파고드는 적연을 막아서려 했다.

핏! 피빗!

적연은 몸을 둥글게 말고 양팔을 교차해서 얼굴을 가리며 속도에 더욱 박차를 가했다.

사대금강의 눈에 당혹스러운 빛이 띠어졌다. 맹렬히 공격해 오든 말든 적연은 우직하게 돌진해 오고 있었다.

퉁!

사대금강은 허리 뒤로 당겼던 주먹을 번개처럼 출수했다.

'흥!'

적연이 이를 꽉 깨물며 얼굴을 앞으로 쭉 내밀었다. 사대금 강의 주먹이 적연의 이마에 부딪쳤다.

빠각!

그 순간 기이한 소리가 사대금강의 주먹에서 울렸다.

"윽!"

사대금강의 눈이 일그러졌다.

'으스러졌나?'

욱신거리는 고통이 점점 온몸을 감싸고 있었고 사대금강의 마음이 초조해졌다.

외공을 극한으로 수련해 왔다 생각했건만 상대 역시 만만치 않았다.

투웅!

그 순간 적연의 몸이 사대금강의 몸 위로 솟구쳐 올랐다.

'어느새!'

적연의 차가운 눈동자가 사대금강을 똑바로 응시하고 있

었다.

사대금강이 반사적으로 눈을 질끈 감자 적연이 손을 뻗었다.

"그만!"

순간 원각 대사가 크게 외쳤다. 적연은 재빨리 주먹을 회수하며 바닥에 착지했다.

"후우."

사대금강은 넋이 나간 표정으로 숨을 골랐다. 적연은 그 모습을 잠시 보다가 고개를 돌려 원각 대사를 바라보았다.

"이제 그만 하게."

원각 대사는 적연을 바라보며 손을 내저었다. 이만하면 되었다는 뜻이었다.

"그러죠."

적연은 흐트러진 옷매무새를 정리한 다음 걸음을 옮겼다.

"완패군."

뒤에서 보고 있던 무당의 청수 진인이 신음성 섞인 어조로 중얼거렸다. 비록 내공을 배제한 대련이었다고는 하지만 말이다. 빼도 박도 못하는 패배였다.

원각 대사는 사대금강을 바라보며 명을 내렸다.

"이만들 물러가거라."

사대금강 역시 이 상황을 모르지는 않았다. 그들은 고개를 푹 떨군 채 황급히 동료들을 추슬러 자리를 벗어났다.

"역시 적풍대주의 실력은 명불허전이네. 오늘 우리 네 늙은

이가 좋은 경험을 쌓았네."

"저 역시 무림에 이름 높은 사대금강과 대련을 해 영광이었습니다. 제법 고생을 했군요."

꿈틀.

원각 대사의 표정이 가볍게 찌푸려졌다. 고생은 했지만 결국 승리는 자기의 것이었다라는 의미였다.

"그럼 이만 돌아가도 되겠습니까?"

"그러시게."

적연은 율무극과 함께 자신의 처소로 돌아갔다. 그렇게 얼마나 서 있었을까. 남궁천이 턱을 매만졌다.

"…과연 그렇군."

"그렇소."

청성의 소초해가 고개를 끄덕이자 청수 진인이 눈을 빛냈다.

"확실히 내력이 담기지 않은 공격에는 반탄지기가 일어나질 않는군. 맹주의 말이 맞았소."

"아미타불……."

"대사님은 어찌 생각하십니까?"

남궁천의 물음에 원각 대사가 지그시 눈을 감았다.

"아비와 너무도 똑같군."

원각의 말에 세 명의 노인이 고개를 끄덕였다.

"보고 있던 제가 섬뜩할 정도였소이다."

살기가 너무 짙다. 한순간 모든 이들을 압박해 올 정도로 말이다.

"어찌하시겠습니까?"

원각 대사는 침음성을 삼키며 심각한 표정으로 적연이 사라진 곳을 응시하고 있었다.

지객당의 처소로 돌아온 율무극은 적연을 바라보며 심각한 표정을 지었다.

"몸은 괜찮으십니까?"

"아무렇지도 않아."

적연은 별것 아니라는 표정을 지었다.

"이마에 멍이 들었습니다만?"

"으음……."

율무극의 지적에 적연이 이마를 손가락으로 꾹 눌렀다.

"쓰압!"

아프다. 무지하게 아프다.

율무극은 그런 적연을 바라보며 어이없다는 표정을 짓다가 팔짱을 끼었다.

적연은 고통스러운 표정으로 이마를 살살 문지르며 입을 열었다.

"이것으로 확실해졌어."

뜬금없는 적연의 말에 율무극이 고개를 갸웃거렸다.

"그게 무슨……?"

"이들은 알고 있었어. 그래서 시험해 본 거지."

"예?"

"내 반탄지기가 반쪽짜리임을 말이야."

적연의 중얼거림에 율무극의 안색이 굳어졌다.

대련이라는 명목도 그것이었으리라.

"ㄱ 영감탱이."

넉살맞은 상관책의 얼굴이 떠올랐다.

"정보를 흘린 거야."

저녁 시간이 다 됐을 무렵 적연은 뜻밖의 방문을 받았다. 무당의 청수 진인이었다.

"먼 길을 와서 피곤한 줄을 알겠네만… 괜찮겠는가?"

"괜찮습니다."

적연은 짐짓 미소를 지었다. 잠시 후 율무극이 차를 내왔고 청수 진인의 빈 잔에 따라주었다.

"자네도 들게."

"예."

적연은 고개를 끄덕이며 앞에 놓인 찻잔을 들었다.

"아까는 대단했네."

"과찬의 말씀이십니다."

청수 진인은 빙그레 미소를 지었다.

"무량수불. 우리는 알고 있네."

"예?"

"자네가 적운의 아들임을 말이야."

"…그렇습니까?"

적연의 어조가 살짝 낮아졌다. 청수 진인이 적연을 응시했다.

"솔직히 많이 놀랐네."

"그러셨겠지요."

"이제는 어찌할 생각인가?"

"무슨 뜻이신지?"

"적가를 일으켜 세울 생각인가?"

청수 진인은 돌리지 않고 물어왔다. 적연은 고개를 끄덕였다.

"예."

"그대의 가문이 왜 멸문당했는지는 알고 있겠지?"

적연의 안색이 찌푸려졌다. 고작 그런 말을 하려고 여기까지 찾아온 것은 아닐 것이다. 일단은 듣기로 했다.

"적운은 너무 강했네."

청수 진인은 쓸쓸한 미소를 지으며 적연에게 시선을 주었다.

"또한 너무도 오만했지."

적운의 무력은 다른 이들과는 차원이 달랐다. 그렇기에 사람들은 불안해했다.

"놈은 너무 뛰어났지."

일월궁주 역시 했던 말이었다. 적연은 입술을 깨물며 청수 진인의 말에 귀를 기울였다.

"한 사람이 너무 튀면 반응은 두 가지일세. 경배하거나……."

그리고 또 한 가지는.

"시기하는 것이지. 부끄럽지만 나 역시 마찬가지였네."

무인의 척도 기준은 강함이니까. 하지만 처음과는 달리 시기심이 뇌리를 지배하기에 이르렀다.

너무 강하니까. 결코 자신이 도달할 수 없는 경지의 사람이었다.

"그렇기에 이리된 것일세."

적연은 입술을 꽉 깨물며 청수 진인을 바라보고 있었다.

"물론 적운이 악수를 둔 것도 있어."

"저희 어머님입니까?"

청수 진인이 고개를 끄덕였다. 산예가 배화교 출신인 것이 결정적이었다. 시기하던 이들에게는 조금이라도 흠잡을 것이 필요했다. 그리고 그녀는 결정적이었다.

적연은 자조적인 미소를 지으며 콧방귀를 꼈다.

"웃기는군요."

"웃기는 이야기지. 하지만 결과적으로는 그렇지가 않았어."

결국 그녀로 인해 적운과 적가는 멸문에 이르고 말았다.

"그런데 이십칠 년이 지나 자네가 우리 앞에 나타났네. 아비와 너무도 흡사운 기운을 뿜어내면서."

그 짙은 살기. 비록 지닌 무력은 적운에 비할 바가 아니었지만 말이다.

"자네는 강해질 걸세. 언젠가는 적운과 동급… 아니, 능가할 수도 있겠지. 하지만 그래서 걱정일세. 자네 역시 적운과 마찬가지로 자신이 가진 강함을 애써 숨기려 하지 않아."

율무극의 표정이 서서히 차갑게 가라앉고 있었다. 민감한 이야기를 들어서일 것이다.

"지금 자네는 적운이 걸어간 길을 반복하고 있어."

상관책은 벌써 적연을 경계하고 있다. 비록 적연이라는 훌륭한 대항마를 선택해 오대가신가문을 몰아냈지만 이내 또 다른 골칫거리가 생긴 것이다. 공교롭게도 그 골칫거리는 상관책이 이용한 적연이었다.

성장 폭이 너무 빠르다. 또한 아비와 판에 박힌 듯 똑같은 기질이었다.

사람으로 하여금 언젠가는 자신도 당하게 될 것이라는 위기감을 심어준다고 할까.

"어째서 제게 이런 이야기를 해주시는 겁니까?"

적운을 시기했다면서 아들인 적연에게 이런 이야기를 해주는 이유가 무엇일까.

"자네가 그랬지, 우리에게 맹주 직에 대한 욕구가 있었던 것이 아니냐고. 오늘 자네를 만나보고 확실히 알았네. 늙었거든. 이제는 시기할 힘도 없네."

잠시 말끝을 흐린 청수 진인이 힘주어 입을 열었다.

"하지만 다른 이들은 그렇지가 않은 모양이야."

청수 진인은 쓴웃음을 지었다. 주름진 노안에 그림자가 드리워진다.

다음날 아침 적연은 율무극과 함께 소림사를 떠났다.

"너무 강했기에 시기를 당한다… 라."

적연의 중얼거림에 율무극의 표정이 굳어졌다. 어제저녁 청수 진인이 다녀간 뒤부터 그의 얼굴에 드리운 음영은 지워지지 않고 있었다.

인정하고 싶지는 않지만 사실이었기 때문이다. 그것도 너무도 아픈.

"아버지는 어떻게 어머님과 만났지?"

어머니인 산예는 적운과 어떻게 만나게 된 것인지 말해주지 않았다. 적연이 아는 것은 두 분이 만났고 백년가약을 맺었으며 악적들에 의해 가문이 몰락당했다는 것뿐이었다.

돌아가실 때까지 적운이 죽었다 믿었을 정도이니 말이다.

"…정사대전 때입니다."

이제는 사라졌지만 불과 이십칠 년 전까지 존재하던 대회로, 오 년마다 한 번씩 정파와 배화교의 젊은 고수들이 무위를 펼쳐 보이는 만남의 장이었다. 형평성 때문에 무림맹과 배화교가 번갈아 가며 개최를 했었는데.

"당시에는 무림맹이 개최했었지요. 그때 산예님은 배화교의 소교주와 같이 왔었습니다."

현재 일월궁의 궁주인 백한로를 이르는 말이었다.

"산예님이 맹에서 길을 잃으셨을 때 적운님과 만났지요. 천생연분이라 해야 할까요? 공교롭게도 두 분 다 서로에게 한눈에 반하셨죠."

"그래서 혼인을 하신 거로군."

율무극은 고개를 끄덕였다. 적연은 무거운 신음성을 흘렸다. 어찌 되었든 간에 결국에는 발단이 된 사건이다.

"하아."

적연은 한숨을 내쉬다가 율무극에게 시선을 주었다.

"그대는 어떻게 생각하지?"

"무엇을 말씀하시는지……?"

"내 기질이 아버지를 많이 닮았나?"

율무극의 눈이 크게 떠졌다. 하지만 이내 고개를 떨구며 순순히 대답했다.

"놀라우리만치."

"그렇군."

적연은 턱을 매만지다가 피식 웃었다.

"하지만 난 그렇게 쉽게 당하지는 않을 거야."

"당연합니다."

율무극이 결연한 표정으로 고개를 끄덕였다.

"노부가 죽을 각오로 소가주님을 모시겠습니다."

적연은 눈살을 찌푸렸다.

"함부로 죽음이란 단어를 입에 담지 말게. 불길하군."

"제 의지입니다. 더 이상 예전의 그 과오를 반복하고 싶지 않습니다."

율무극의 대답에 적연은 피식 웃으며 앞으로 걸어나갔다.

"그대의 뜻은 알겠어. 이만 가지."

숭산을 나선 적연 일행은 보름 만에 하남성 남단에 위치한 산야에 도착해 하루를 쉬고 다음날 관도 대로를 따라 남하했다. 그리고 하남과 호북의 경계선에서 그를 다시 만났다.

"기다렸다."

아무런 감정이 느껴지지 않는 어조와 표정을 가진 그는 적연을 바라보고 있었다.

"또 만났군."

적연은 차가운 눈빛으로 그를 바라보았다.

"고통을 느끼지 못하는 자."

차가운 음성에는 살기가 묻어 나오고 있었다. 고통을 느끼지 못하는 자, 일월은 적연을 향해 입을 열었다.

"무한에 갔었다. 하지만 소림에 갔다더군. 그래서 이곳에서 기다리고 있었다."

감정이 희미해서일까. 예전에 만났을 때보다 말이 어색해 보인다. 뭐랄까. 그냥 쓰여진 대로 읽는 것 같은 느낌이었다.

적연의 입가에 차가운 미소가 번졌다.

"보고 싶었어."

"보고 싶어? 왜지?"

잠시 입을 다물었던 일월이 고개를 들었다.

"그것은 그리웠다는 감정인가? 아니면 무인의 호승심인가? 난 잘 모르겠다."

꿈틀.

적연의 눈가가 거세게 일렁였다.

"너는 고통으로도 모자라 이제는 감정까지 메말라 버린 건가?"

자신이 고통을 느끼지 못하니 남의 고통도 알 수 없게 된다. 그것이 감정이 사라지는 첫 시작이다.

"살아도 살아 있는 것이 아니군."

어찌 살아 있다 할 수 있겠는가. 이런 무감각한 삶을 영위한다는 것은 차라리 죽느니만 못하다.

"감정 따위는 내게 필요없다. 널 죽인다. 그게 내가 받은 명."

"그런가? 그렇군. 하하하!"

적연의 입에서 허탈한 웃음이 흘러나왔다. 일월은 눈을 끔벅이며 물어왔다.

"왜 웃지?"

한동안 흘러나오던 웃음이 한순간 멎었다.

"너는 명령을 받기 위해 살아 있는 것이로구나."

"그것이 지금 내 존재 이유다."

일월이 한 걸음을 내딛으며 적연과의 거리를 좁혔다. 순간 율무극이 앞으로 나섰다.

적연이 눈살을 찌푸리며 손을 뻗었다.

"뒤로 물러서라."

"하지만……!"

"물러서. 저놈은 내가 상대한다."

"…예."

율무극은 못내 고개를 끄덕이며 적연의 뒤로 물러섰다. 적연은 차가운 표정을 유지한 채 입을 열었다.

"우리는 서로에게 빚이 있지."

빠직.

한 걸음을 내딛으며 일월과의 거리를 좁혔다.

"서로에게 빚?"

반문하던 일월이 자신의 가슴팍을 만졌다. 적연에게 공격을 당해 가슴뼈가 함몰되었었다.

"그렇군."

일월은 고개를 끄덕이며 검을 뽑아 들었다.

스르릉.

섬뜩한 소리와 함께 시퍼런 빛을 뿜어내는 검날이 적연의 시야에 들어왔다.

『용검풍』 제3권 끝

주 서식지:마키오(http://makio.co.kr)

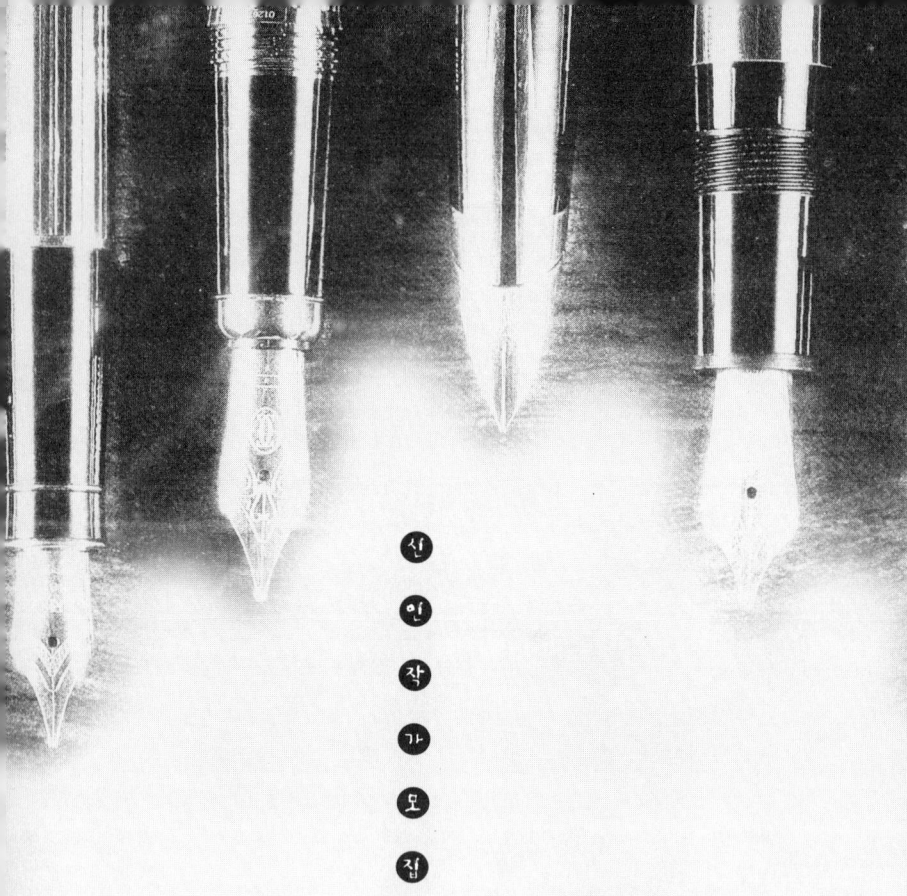

신인작가모집

시작이 반이라고 했습니다.
작가의 길에 대한 보이지 않는 벽을 과감히 깨뜨리십시오!
청어람은 작가 지망생 여러분들의
멋진 방향타가 되어드리겠습니다.

저희 도서출판 청어람에서는
소설 신인 작가분들을 모집합니다.
판타지와 무협을 사랑하시는 분들의 많은 참여를 바랍니다.
소정의 원고(A4용지 150매)를 메일이나 우편으로 보내주시면
검토 후 출판 여부를 알려드리겠습니다.

주소:경기도 부천시 원미구 심곡1동 350-1 남성B/D 3F 우편번호420-011
TEL:032-656-4452 · **FAX**:032-656-4453
http://**www.chungeoram.com**
e-mail:chungeoram@chungeoram.com

지금 유전자가 말하는 사랑과 성의 관한 솔직 대담한 진실이 펼쳐집니다!

남편의 후광을 등에 업는 것은 까마귀와 인간뿐…

보모에게 바보 취급받던 복신 암컷이 난번에 인생내역전을 해서
서열 1위인 수컷의 아내 자리를 차지하게 될 수도 있다는 말입니다.
모든 여성이 이상형의 남자와 결혼할 수 있는 것은 아닙니다.
적당한 선에서 타협하여 적당한 사람과 결혼하지요.
하지만 솔직히 말해서 당연히 멋진 남자가 더 좋지 않겠습니까?
따라서 여성은 생각합니다.
'그럼 어떻게 하지? 유전자만이라면 가질 수 있어!'
그리하여 장기계획형이나 단기승부형과 같은 여러 가지 방법의
외도가 생겨나는 것입니다.
물론 모든 여성이 이를 실행에 옮기지는 않습니다.

하지만 기회가 있다면 어떨까요?
다른 조건과 이미 타협을 봤다면?
남편이 사소한 일은 눈치 못 채는 둔한 남자라면?
뭔가 유전자의 음모가 느껴지지 않습니까?

실패를 모르는 남자 선택법!
「내 남자친구는 왼손잡이」 법칙

어째서 여성은 왼손잡이 남성에게 마음이 끌리는 걸까요?

여기서 기억해야 할 것은 몸의 좌우와 뇌의 좌우는 원칙적으로 반대 관계라는 점입니다.
따라서 왼손잡이 남성은 우뇌가 발달했습니다.
발달했다는 사실이 왼손잡이를 통해 반영된 것입니다.

그리고 두 번째로 생각해야 할 것은 우뇌는 남성 호르몬의 일종인 테스토스테론에 의해 발달한다는 점입니다.
요약하자면 왼손잡이 남성은 우뇌가 발달했는데, 그것은 테스토스테론 수치가 높기 때문입니다.
그것은 다름 아닌 생식 능력이 높다는 것을 의미하지요.

「내 남자 친구는 왼손잡이」에 감춰진 의미는… 내 남자 친구는 생식 능력이 높아… 인 것입니다.

초등학생이 반드시 읽어야 할 좋은 책 49권

각 학년별로 초등학생이 반드시 읽어야할 좋은 책을 선정하여 통합논술의 기본이 되는 '올바른 독서법'을 일깨워 줍니다.

교과서와 함께하는
초등학교 통합논술

초등1학년 / 값 12,000원 / 초등2학년 / 값 9,500원 / 초등3학년 / 값 11,000원 / 초등4학년 / 값 9,500원 / 초등5학년 / 값 9,500원 / 초등6학년 / 값 11,000원

♣ 혼자 할 수 있어요.

엄마가 책 읽는 방법을 가르쳐 주어도 좋아요.
독서지도하는 선생님이 가르쳐 주어도 좋답니다.
"초등 교과서와 함께하는 **통합논술 시리즈**"는
아이 스스로 독서할 수 있도록 꾸며진 책이에요.
엄마와 선생님은 요령만 가르쳐 주시면 된답니다.

♣ 교과서의 중요한 내용이 총정리되어 있어요.

각 학년별로 중요한 교과 내용이 함께 수록되어 있어요.
초등학생은 교과서 내용을 충실하게 공부해야 합니다.
아울러 그와 병행한 독서가 대단히 중요하지요.
"초등 교과서와 함께하는 **통합논술 시리즈**"는
두 가지 방법 모두 알려준답니다.

♣ 이 책은 훌륭하신 선생님들이 함께 쓰신 책이랍니다.

동화작가 선생님들이 쓰셨어요. 소설가 선생님도 쓰셨답니다.
국어 논술독서지도 선생님들도 함께 쓰셨지요.
"초등 교과서와 함께하는 **통합논술 시리즈**"는
엄마의 마음으로 모든 선생님들이 함께 꾸민 책이랍니다.

입소문을 통해 아는 분은 다 알고 계십니다!
올 한해 공인중개사 최고의 화제작!

1~2권 합본 | 이용훈 지음
3~4권 합본 | 이용훈 지음
5~6권 합본 | 이용훈 지음
용어해설 | 이용훈 지음

수험생 기본 필독서
만화 공인중개사

제목 : 만화공인중개사 쓰신 분에게 감사드립니다.

학원을 두 달 다녔어요. 근데 과연 그 숫자 외우기 그런 게 몇 문제나 나올까 생각을 했어요.
아니라는 생각이 드네요. 학원강의를 뒤로하고 서점을 갔어요. 내 머리에 가장 이해될 수 있는
책이 없나 하구요. 거기서 만화를 발견했어요. 무조건 세 번 봤어요. 3개월 걸렸어요. 문제집을 보라고
했는데 그건 시행을 못했어요. 근데 합격을 했네요.
어떻게 감사의 말을 해야 될지…….
도서관에서 만화책 들고 다니니까 사람들이 비웃더라구요. 만화책으로 공인중개사를 공부한다고
미친 사람처럼 보더라구요. 근데 그거 다 감수하고 했던 내가 자랑스럽습니다.
어떻게 감사의 말을 해야 할지… 정말 감사합니다.
부디 행복하세요. 제 나이 41살에 좋은 스승을 만난 것 같습니다.
엎드려 감사드립니다.

－본사 홈페이지에 독자분이 올린 메일 中에서 발췌－

이명박

기도하는 리더십
이명박의 삶과 신앙 이야기

젊은이들에게 성공 신화의
주역으로 주목받고 있는

이명박!

과연 그 이유를 어디서 찾을 것인가.
그것은 기도하는 삶이었다!

이명박 기도하는 리더십 | 이채윤 지음 280쪽 | 9,900원

기도하는 삶이
지금의 이명박을 만들었다!

leadership

『이명박 기도하는 리더십』은 이명박의 탄생과 신앙, 그리고 그간의 업적을 한눈에 볼 수 있는 책이다.
한편으로는 신앙 간증서라고 말할 수도 있겠지만, 이명박의 삶은 신앙과 떨어뜨려 놓고는 생각할 수
없는 관계에 있다.
이 책, 『이명박 기도하는 리더십』은 대한민국 성장의 역사, 그 주역이었던 이의 삶을 통하여 이 시대의
젊은이들에게 부족한 정신들을 일깨워 줄 수 있을 것이며, 앞으로 더욱 큰 신화를 만들고 추진해 갈
이명박의 비전을 알고자 하는 이들에게 적합한 서적일 것이다.